「二重人格って……
『秋玻』と『春珂』って、
なんなんだろう」
三角の距離は限りないゼロ
7
Bizarre Love Triangle
岬 鷺宮
Misaki Saginomiya
illustration◊Hiten
design◊Toru Suzuki
JN075642

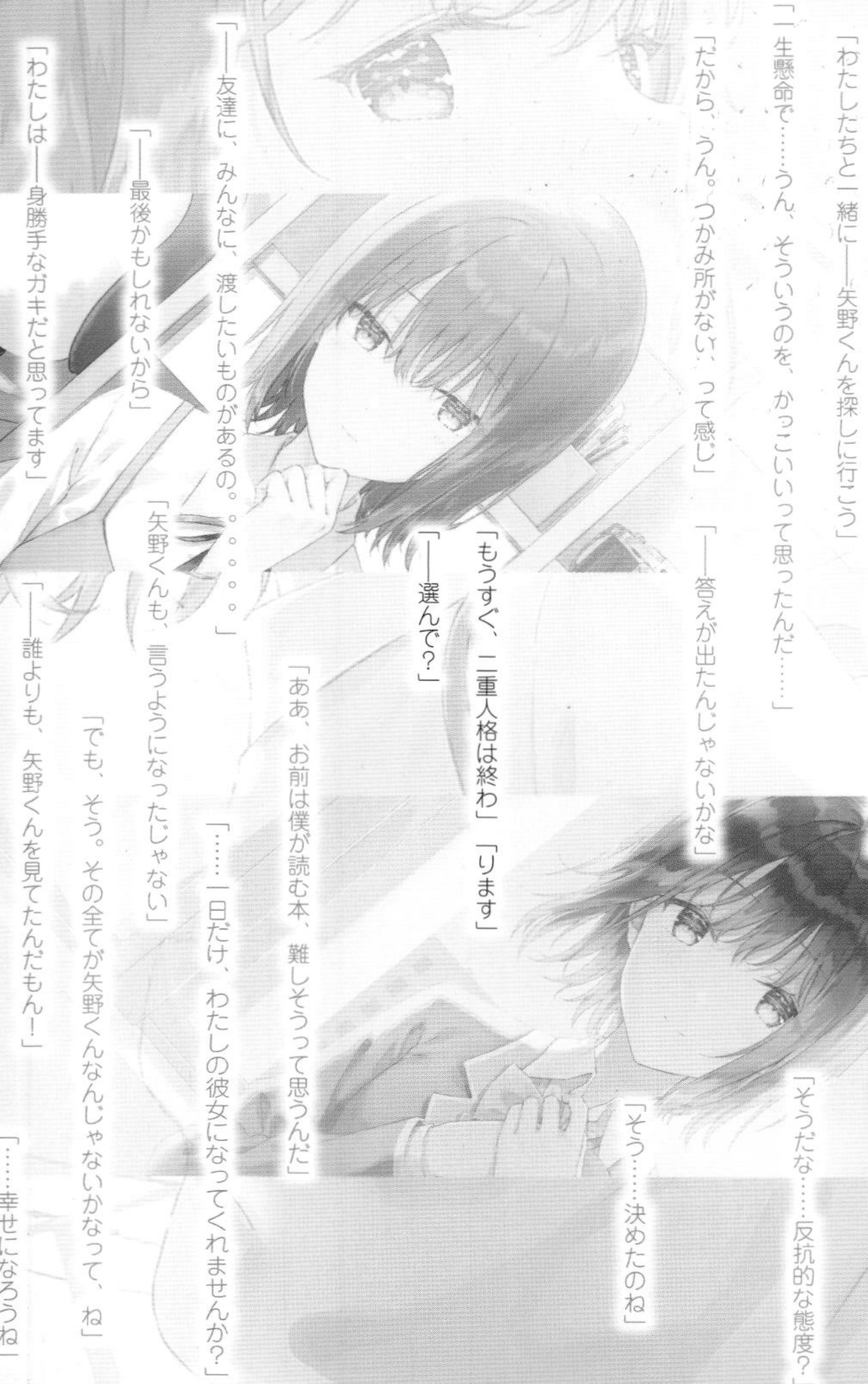
「おっし！」

「四季、なんか今日変だぞ？」

「……そりゃ、考え事もするよ」

「わたしたちと一緒に——矢野くんを探しに行こう」

「一生懸命で……うん、そういうのを、かっこいいって思ったんだ……」

「だから、うん。つかみ所がない、って感じ」

「——答えが出たんじゃないかな」

「——友達に、みんなに、渡したいものがあるの。。。。。。」

「もうすぐ、二重人格は終わ」

「ります」

「——選んで？」

「ああ、お前は僕が読む本、難しそうって思うんだ」

「……一日だけ、わたしの彼女になってくれませんか？」

「——最後かもしれないから」

「矢野くんも、言うようになったじゃない」

「でも、そう。その全てが矢野くんなんじゃないかなって、ね」

「わたしは——身勝手なガキだと思ってます」

「——誰よりも、矢野くんを見てたんだもん！」

「……幸せになろうね」

「ナイスアイデアだね！　春珂、やるじゃん！」

「そうだな……反抗的な態度？」

「そう……決めたのね」

三角の距離は限りないゼロ 7

Bizarre Love Triangle

岬 鷺宮
Misaki Saginomiya

illustration◊Hiten

design◊Toru Suzuki

プロローグ
Prologue

【サニーモーニング】

Bizarre Love Triangle

三角の距離は限りないゼロ

爽やかな目覚めだった。

クラス会の翌日、四月が間近に迫った春休みの朝。

ベッドの上で伸びをして、僕は頭に霞むまどろみを振り払う。

「ふぁあ……よく寝たなー」

以前から、寝起きは良い方だった。寝坊することもほとんどなければ、朝ご飯だってしっかり食べられる。周囲からすると身体が弱そうに見えるらしいけれど、存外そうでもないのだ。

特に朝は、頭の疲れがリフレッシュされて絶好調！　なんてことも多い。

それになぜだろう。今日の気分の良さはなんだか格別だ。

辺りを見回すと、東向きの窓からカーテン越しに光が差し込んでいる。

小学生のときから使っている天然木の勉強机と、同じ素材の本棚。傍らにつるしてある制服と、コルクボードに飾ってある友人との写真たち。

そんな見慣れた景色も、いつもよりも輝いて見えた。

春のせいだろうか。それともこの、不思議な体調のせいだろうか。

「おっし！」

かけ声とともにベッドから出る。

部屋着に着替えながら、一日のスケジュールを考える。

朝ご飯を食べて身支度をして、どうするかな。秋玻、春珂とは、春休み中もできるだけ毎日会おうという話になっている。今日はどうしよう、どこかに出かけるか？　ちょっと遠出してもいいかもしれないし、誰か共通の友達の家に行ってもいいかも。あるいは、僕か彼女どちらかの家でのんびりする、なんてのも悪くない。

あーでも、お互い家に親いるだろうしなー。ちょっとなんかそれは、緊張感あるよなー。

「んんんーん」

鼻歌混じりにラインをいじりつつ、階段を降りリビングへ向かう。

辺りには、朝ご飯の良い匂いがふわりと漂っていた。今日は……うん、焼き魚と見た。

ラインを打つ指が軽やかだった。考えてみれば、秋玻、春珂と長期休み期間も会えるっていうのは、すげえうれしいよな。

やっぱり、二人とは気が合うのだ。話をしていても意見が合うことが多いし、僕のことをよく理解してくれていると思う。そんな相手と学校がない日も会えるのは、シンプルながら幸せなことだ。二人とも、めちゃくちゃかわいいし。

「おはよー」

軽やかにそう言って、リビングに入る。

「今日の朝ご飯は……お、やっぱ焼き魚か、ありがとね母さん」

「……え、う、うん」

見れば、既に食卓についていた母さんは不思議そうにこちらを見ていた。

「喜んでもらえたなら、よかったわ……」

ん？　どうした？　そんな怪訝そうに。

まあいいや。自分の席へ向かうと、父さんもちょうど食べ始めたところのようで、

「あれ？　今日は父さん休み？」

「ん？　ああ、土曜だからな。会社休みだよ」

「あーそうか！　はは。やっぱ曜日感覚狂うなー、学校ないと」

「あ、ああ……」

父さんも、カップ片手にこちらを見て眉を寄せている。

どうしたんだよ、父さんまで。なんか様子おかしくね？

ああ、もしかしてコーヒーが苦かっただけかな。いつも濃いめのブラック飲んでるし。

気にせず自分の椅子に座り、朝食をいただく。おいしい。

元々料理上手な母さんだけど、今日は米の一粒一粒までおいしく感じる。魚も焼き加減が完璧。味噌汁だって、食べ慣れてほっとする味だ。心の中で母さんに深く感謝した。

「あ、そうだ」

ふと思い立って、僕は二人に聞いてみる。

「ちょっと今日、家に友達呼んでいい？」

「ん？　ああ、いいけど……誰呼ぶの？　修司くん？　須藤さん？」

「いや、水瀬さんって子呼ぼうかなって。そっか、まだ紹介したことなかったよね、二年になってから、結構仲良くしてて。だから今日、家呼んでゆっくりしたくてさー。あ、別に彼女とかじゃないから。前付き合ってたことはあるけど、今は普通の友達だから安心してよ」

――完全に空気が固まった。食卓に降りる沈黙。

父さんも母さんも食べる手を止めて、じっとこちらを見ている。

……え？　なに？　なんなの？

さっきからほんとどうした？　僕の顔になんかついてる？

気になって、思わず顔をぺたぺた触り出した僕に、

「……どうした？」

むしろこっちが言いたいことを、焼き魚に箸を伸ばしていた父さんが尋ねてくる。

「四季、なんか今日変だぞ？」

「え、そう？　別に僕は、いつも通りだけど」

「わたしも、何かいつもと違う気がする……」

母さんもまで、気遣わしげに父さんに加勢した。

「なんだか……普段の四季より、元気というか……よくしゃべるというか」

「ええ、マジで？」

そうか？　ただ友達呼びたいってだけで、そこまで言われるもんか？　まあ、今まで二人に、

秋玻(あきは)と春珂(はるか)の話ってあんまりしなかったけどさ……。

……ああでも確かに。今僕は、秋玻(あきは)／春珂(はるか)とちょっと複雑な関係にある。

どちらのことを好きなのかはっきりして欲しいと言われて、必死で考えて考えて考えて。そろそろマジで、答えを出さなきゃいけないって段階に僕らはある。その状況で、あの子たちを家に呼ぶのは、ちょっと大胆なところがあるかもしれない。

でも……うん。仲いいのは事実だしな。一緒にいれば楽しいし。だから、家に招くくらいはそんな大ごとではないと思うんだけど。

「ねえ、本当に普通？」

相変わらず、母親はじっとこちらを見ている。

「今まで、朝ご飯のときそんなに色々話してくれること、なかったじゃない」

「……あー確かに」

言われてみれば、そうかもしれない。これまで僕、朝食中に言うのなんて「いただきます」くらいで、こんなに雑談をするなんて本当に久しぶりだ。

なんでだ？　体調のせいか？

「それに……なあ、友達を連れてくるなんて」

ついに箸を置き、父さんはむんずと腕を組んでいた。

「これまで、仲のいい友達もほとんど家に呼ばなかったのに……。急に、どうしたんだ……」

それも、確かにそうだ。

なんとなく、プライベートな空間に誰かが来るのに抵抗があって、自分だけの空間は自分だけのものにしたくて、家に友達を招くことなんてほぼなかったはずだった。

「……ん？」

おかしい。確かにおかしいかもしれん。

考えてみると、全体的に違和感がある。

母さんと父さんに言われたこともそうだけど、目覚めから今までのテンション、足取り、秋玻（あきは）／春珂（はるか）の話題を親の前で出したこと。

普段だったら、僕はこんな感じではなかったのでは？

特に三つ目。僕はこれまで両親に、秋玻（あきは）／春珂（はるか）のことを話さずにいた。やっぱり照れくさかったのだ。親に恋人の話をしたくなかった。高校生としては、まあ普通の感覚だと思う。

なのになんで……今回僕は、こんな明け透けにあの子たちの話をしたんだ？

これまでの僕だったら、なんかもっと違う風に行動してたんじゃないか？

もっとこう……慎重というか、秘密にする感じというか、何かこう……。

そして——僕は気付く。

あれ？　本来の僕だったら、どんな風に動いただろう。

これまでの僕だったら、この状況で何を考えてどう行動しただろう。

わからない。ここで自分がどう行動するのが適切か、わからなくなっていた。

僕、なんて話せばいいんだ？

朝はどんなテンションで、どんな風に家族と接すればいいんだ。

このあと一日の行動を、どんな風に決めればいい？

考えてみる。色々アイデアは浮かぶ。けれど、どれもしっくりこない。

どれも自分らしくない気がした。何をしても、何を話しても、なんだか全部ずれてしまっているような微妙な落ち着かなさ。

「……んんんん～？」

思わず腕を組み、考え込んでしまう。

それを不安げに見ている両親二人。

なんだろ、なんか、わかんねえな。


――僕って。

矢野四季（やのしき）って――どういうやつだったんだ？

第三十五章
Chapter35

【百色眼鏡】

Bizarre Love Triangle

三角の距離は限りないゼロ

「——お、おお……!?」

朝一番。矢野くんから送られてきたラインに。

わたしは——水瀬春珂は、思わずそんな声を上げてしまう。

四季『おはよう！　めっちゃ天気良いな！（太陽の絵文字）』

四季『（サムズアップするオフィシャルスタンプ）』

四季『調子どうよ？　秋玻も春珂も元気かー？』

「……え、これ矢野くん!?」

本当に……矢野くんが送ってきたラインなの？

テンションおかしくない……？　なんか……陽気すぎない!?

クラスの解散会の翌日。名残惜しさを感じつつも第二学年が終わり、体感的にはようやく本格的に春休みが始まったなって気分の、朝のことだった。

ご飯のあと自室で秋玻からわたしに入れ替わり、さて何しようかなーなんて考えてたところだったから。気持ちが緩んで、もへーっとしていたところだったから、完全に寝耳に水だ。

何これ、ドッキリとかそういうの……？

彼の発言は他にもあって、

四季『僕はいつもの通り絶好調よ（力こぶの絵文字）』

四季『（元気！　と笑っている何かのキャラのスタンプ）』

四季『（踊っている何かのキャラのスタンプ）』

四季『（声の出る芸人の一発ギャグのスタンプ）』

「嘘でしょ……」

何、この……ハイテンションな……パリピみたいな……。

やっぱり何か、いたずらでも仕掛けられてる……？

……いや、落ち着け。一度落ち着こう。

深呼吸して、過去の彼からのメッセージをざっと遡ってみる。

もしかしたら、元々こんな感じだったかもしれない。冷静に見れば、ずっとラインの文面はこんなだったかも。実際のテンションとメッセージのテンションが違う人、割といるし……。

四季『今日、頑張ろうな。みんなに楽しんでもらえるよう頑張ろう』

四季『絶対大丈夫だよ。秋玻と春珂のおかげで、最高のクラス会が準備できたと思う』

四季『でも、何よりも』

四季『僕は、秋玻と春珂に楽しんでもらいたいから。良い一日にしような』

うん、違った。やっぱり全然違った。

昨日以前のラインは、わたしのイメージ通りの雰囲気だ。優しくて、繊細で、理知的でわたしたちを大事にしてくれる。わたしの好きな、矢野くんのイメージ通り。

……うん、こうなると認めざるをえない。

現実を、直視せざるをえない……。

つまり……、

「今日の矢野くん……なんかおかしい！」

——最初に彼からラインが来たのは五分ほど前。秋玻が出ているタイミングだったようだ。

あの子も様子がおかしいのにはすぐに気付いたらしく、日記帳でわたしに「矢野くんがおかしい。ライン見てみて」と書き残してくれていた。それを目にしたわたしはさっそくスマホを確認、こうして彼の変化に気付いたのだった。

さらに、秋玻は果敢にも矢野くんに返信して、やりとりが続いている。

その返答も、やっぱり奇妙にハイテンションで、

四季『あ、やっぱ秋玻も僕おかしいと思う!? マジかーやっぱかー（あちゃー、という顔の絵

文字）』

四季『つーかライン越しでわかるってすごくね!?　そこまでかよっていう（笑）』

四季『や、全然心当たりないんよそれが。つーことで、ちょっくら病院行ってきまーす！』

……目眩がしてきた。

他の人がこれ書いてる、とかじゃないよね……？　伊津佳ちゃんとかＯｍｏｃｈｉさん辺りが、矢野くんの振りしてるとか……。いや、さすがにそれはないか、あの子たち、絶対そういうことはしないと思う。

ていうか……多分矢野くんの言う病院って、この変なノリの原因確認しに行ったんだよね？なんか多分、風邪とかケガとかで行く病院じゃなく、気持ちとかそういうのをなんとかするために行く病院だよね……。

わたしと秋玻も行ってるけどさ、二重人格のせいでもう長いことお世話になってるけど……そのテンションで言うことじゃなくない？　もうちょっと、深刻に話すべきことなんじゃないの？　これ……。

「……ふう」

そんなことを考えながらも、わたしはベッドに寝そべり息をつく。

とはいえ確かになんか、緊張感を覚えにくいのだった。

前にも、矢野くんの雰囲気がおかしくなったことはある。具体的に言えば、修学旅行のとき。彼は自分の気持ちを意識から遠ざけた結果、なんだかすごくぼんやりしたまま修学旅行を回ることになってしまった。あのときはもう、明らかに緊迫感があったのだ。矢野くんがおかしい、なんとかしないとっていう雰囲気が、周囲全体にあった。

けれど……なんだろう。

今回はむしろ、陽気寄りになっているわけで。なんなら普段の矢野くんよりもずっと元気なわけで。危機感がないというか。心配というよりもむしろ……正直に言うとちょっと……面白い感じになってしまっている気がした。なんか、笑っちゃうんだけど……。

「……いやでも、これ、わたしたちも考えた方がいいよね」

うつ伏せになり、スマホを眺め足をパタパタしながらわたしは考え直す。

わたしと秋玻は、今も彼に選んでもらっている真っ最中なのだ。もしかしたら、わたしたちのせいなのかもしれない。わたしたちがそんな風に負担をかけたから、矢野くんはこうなったのかも……。

だとしたら、なんとかしなきゃだぞ。

病院に行って治るならいいけれど、それでもダメならわたしたちで矢野くんをなんとかしないと。そういう責任が、わたしと秋玻にはある気がする。

それに、タイムリミットもあるのだ。

入れ替わり時間は今も短くなり続け、二十分を切っている。もう、どれだけこうしていられるかもわからない。

きっと——春休みのうちに、片がつく。

だから、矢野くんのためにもわたしたち自身のためにも。今すぐにでも動き出さなきゃ！

「……よし、やるぞ！」

一つうなずき決心すると、わたしは勉強机の上、秋玻がメモを残していた日記帳に、彼女に向けた提案を書き込んでいく。

＊

「——おー、おっすー。ごめんよわざわざ！」

その日の夕方。

わたしが——水瀬秋玻が、待ち合わせ場所の勤労福祉会館前に到着すると。

矢野四季くん……であるはずの彼が、軽やかな笑みでわたしに手を振ってくれる。

「ごめんなーこんなとこまで来てもらっちゃって。しかも僕の側の都合でさー」

「う、ううん、いいの……。わたしたちからお願いしたことなんだし……」

屈託のない笑みを向けられて、ぎくしゃくとわたしはそう返した。

「こっちにも、原因があることかもしれないし……」

「いやいや、んなことないでしょー。とりあえず家行くか！　付いてきて！」

　これまで聞いたことのない口調と声色で、わたしをエスコートする矢野くん。

　その見た目は、間違いなくこれまで通りの矢野くんだ。さらさらの髪とうらやましくなるほど白い肌。繊細そうに整った顔と、優しそうな目。

　けれど、

「つーかそろそろ花粉ヤバそうじゃね？」

　こちらを振り返り、彼は楽しげに尋ねてくる。

「つれー、マジつれー。秋玻と春珂は、花粉症大丈夫？」

「そ、そうね……地元は杉がないから、大丈夫だったんだけど——」

「——え!?　マジ!?　北海道杉ないの!?」

「う、うん……」

「なんだよそれ天国じゃん！　移住したいわー……。マジ実家と学校ごと移住したいわー……。でもあれ？　こっち来たらついに花粉症なっちゃった、みたいな？」

「う、うん、そうね……」

　……どうしよう、他の人みたい。

　テンションも表情も受け答えも、全部他人みたい。

なんだか……すごく落ち着かない！

――矢野くんに、実際に会いに行こう！

日記のページの上で、春珂はそう主張していた。

矢野くんのラインの違和感に気付いた、今朝のこと。

――本当に変わっちゃったのか確認して、わたしたちにできることがないか考えよう！

確かに、そうするのが良い気がした。

わたしたちに責任があるかもしれないのだ。早めに解決策を探さなければいけない。残された時間が少ない中で、あまり悠長にはしていられない。

だとしたら――もう実際に会ってしまうのがベストだ。

ということで、わたしたちは矢野くんに「会おう」と提案。『病院に行ったあと、夕方以降なら大丈夫だよー！』という元気な返事を受けて、こうして彼に会いに来たのだった。

「ふんふんふんふん～……」

鼻歌を歌いながら歩く矢野くん。

ラインでもそのテンションは驚きだったけど、実際に会ってみると一層インパクトがある……。

曇りなく笑う表情。元気の良いからっとした口調。

配慮もなく、けれど不快ではない距離の詰め方――。

……嘘みたいだ。矢野くんがこんな風になるなんて。

もう、むしろ真逆だ。

わたしの知っている彼と、全くの真逆のテンションだ……。

なんて考えつつも……わたしはふと思い出す。

……いや、考えてみれば、こういう矢野くんにも見覚えがあるかも……。

例えば、わたしと出会ってすぐあとくらい。周囲の人に「明るいキャラ」を装っていた矢野くん。それから文化祭の最終盤、ステージを成功させるために出演者を鼓舞していた矢野くん。あのときの彼は、確かにこんな感じだった気がする。明るい表情、軽い声色、陰りを感じさせない振る舞いや物言い――。

それでも……あれはあくまで矢野くんの演技だったわけで。

今現在の矢野くんは、このキャラを演じているわけではないだろう。あの頃とはまた全然別の理由で、こうなっているように見える。

「……なんか考え事？」

ふいに、彼がそう尋ねてくる。

「ずいぶん、真面目な顔で黙ってるけど……」

「……そりゃ、考え事もするよ」

思わず、笑い返しながらそう答えてしまった。

「いきなり、矢野くんの雰囲気がこんなに変わったらさ……」

「ま、それもそうか」

言って、矢野くんはははと笑う。

不思議なのは、こんな風に変わった矢野くんが、決して嫌ではないことだ。その踏み込み方に、不快感を覚えないことだ。むしろなんだか変な違和感があって、面白さを感じてしまう。話していると笑いそうにさえなってしまう。

まあ、そんな風に思うのもなんだか不謹慎な気がするし、口に出して言ったりはしないのだけど……。

*

「——ここだよー、ここが僕の家」

「へえ、ここ……」

五分ほど歩くと、矢野くんの家に到着した。

「ほう……へぇ……」

思わず、そんな声を漏らしてしまった。

思いのほか──かわいらしい印象の一戸建てだった。

白い壁と赤い屋根。敷地内にはご家族の趣味なのだろうか、花が綺麗に手入れされて植えられていて、なんというか、昔の絵本に出てきそうなファンシーさ。

……なんだか、これもまた矢野くんのイメージとギャップがあるかも。もっとこう……素っ気ないというか、落ち着いた見た目の家に住んでそうな印象だった。

でも……うん。綺麗なお花だ。こんな家に住めたら、毎日華やかな気分で暮らせそう。

誰の趣味なんだろう。お母さん？　もしかしてお父さん？

多分矢野くん、っていうことはないし、兄弟もいないという話だったから……ご両親のどちらかだろう。

なんて考えていると、

「──まあまあようこそ、いらっしゃい！」

お母さんが出迎えに来てくれて、疑問が解消する。

「ああ、母さん。この子が例の水瀬さんだよ」

「あらー。ありがとうねー、四季のこと心配してくれて。さあ、上がって上がって」

明るいお母さんだった。

物静か（だったはず）な矢野くんとは対照的に、笑顔のよく似合うかわいらしいお母さん。

着ている服に、所々花柄が見える。カットソーやスカートの端、ふわっとした髪をまとめているバンズクリップにも花の飾り。そして……手にはお洒落なブリキのじょうろ。

……なるほど、お花好きはきっとこの人だね。お母さんが、家の花を育ててるんだ。

ちなみに、よくよく見れば顔立ちも矢野くんとよく似ている。特に目元と鼻の辺りがそっくりで、初めてお会いするのになんだか懐かしいような感覚……。

「お、お邪魔します……」

頭を下げて玄関に入りながら。わたしは、一発でこの人に好感を覚えたのを自覚する。

案内され、二階の矢野くんの部屋にやってきた。八畳ほどの、落ち着いた印象の部屋。

……うん。ここはちゃんと、わたしの思う矢野くんのイメージとぴったりだ。

家具も本棚に並ぶ本も、よく見知った矢野くんらしさに溢れている。

だからこそ、

「あー母さん、お茶ありがと！　助かるわー！」

紅茶を持ってきてくれたお母さんに元気よくそう言う矢野くんに、そんな彼の振る舞いに違和感が募る。

……まあ、お母さんにちゃんとお礼を言うのはいいことなんだけどね。

でもお母さんも、ちょっとびっくりしてるよ……。やっぱり親から見ても、今の矢野くんには違和感があるんだね。

「……つーわけで、来てくれてありがとうな」

紅茶を一口すすり、ローテーブルを挟んだ向こうの矢野くんが言う。

「ていうかマジごめん！　心配かけて。いやー僕もさー、なんでこんなになったか全然わからなくて」

「そうなんだ……」

気持ちを落ち着けたくて、わたしもカップに口をつける。

ここまで接した限りでは差し迫った危機、みたいな感じではないようだし、まずはリラックスして現状の把握をしよう。

「ちなみに、病院には行ったんだよね？」

「うん、行った行ったー」

流行の映画見てきたよ、とでも言うようなテンションで、矢野くんは答える。

「でもまあ、原因不明だって。多分ストレスによるものだからって薬いくつかもらってきたよ。抗不安薬みたいな」

「どう？　それ効きそう？」

「やー、わからんけど、効く気はあんましないかなー。不安とか苦しくてこうなったとか、そういう感じじゃないっぽいからなあ」

「そう、なんだ……」

不安のせいではないっぽいのか……。

そのことに、まずはよかったなと小さく息を吐いた。

真面目な矢野くんのことだ、また何か背負いすぎてこうなったのではないかと心配していた。昨日のクラス会やその前後のことがきっかけで、何かが限界になってしまったんじゃないかと。実際これまでも、そういうことがあったわけだし。

けれど、本人にその自覚がないなら、今のところ何かすごく苦しいわけではないんだろう。

単純に、そのことには内心ほっとする。

「……ちなみに、いつからこうなったの？　原因に心当たりはある？」

「おかしいって気付いたのはー……うん、朝ご飯食べてるときだな」

お皿に載ったクッキーをつまみ、矢野くんはうなずく。

「両親にさ、どうしたって言われて。めちゃくちゃビビってたわ二人とも。で、考えてみれば確かに変だなって。なんか僕、多分こういうテンションじゃなかったよなって思って」

「ああ、じゃあ変だっていう自覚はあるんだね」

「あるあるー。あーでも、体感的におかしいっていうよりは、思い出してみればって感じでさ。

前と比べてみると、っていう」

なるほど、自覚があるっていうのも、修学旅行のときとは違うポイントだな。

当時の矢野くんは、自分がおかしくなっているという自覚もないようだった。

やっぱり、あのときとは全く別のことが起きていると考えた方が良さそうだ。

「でも、そう」

と、矢野くんは小さく身を乗り出し、

「変になったタイミングもさ、気付いたのは朝ご飯のときだけど、考えてみりゃもっと前からそうなってたのかもって気がちょっとして」

「ああ、それは気になるね。昨日はどうだった？　もうその頃から変だった？」

「うーん、昨日寝る前は、そんなにおかしい気しなかったんだよなあ。別に普通というか。少なくとも変だと思わなかったわ、多分」

「なるほど……」

うなずいて、考える。

寝る前は普通で、朝ご飯食べるときにはもうおかしかった。

そうなると、ちょっと奇妙だ。

つまり矢野くんは——寝ている間に、こうなったってことになる。

……そんなこと、ありえるだろうか。

寝ている間に、人の性格が変わってしまうなんて、そんな奇妙なことが……。

と——そこで、身体の中で春珂が目覚める感覚がある。

時計を確認すると、さっき入れ替わってからもう二十分近く経っていた。そろそろまた、交代らしい。

「ごめん矢野くん、そろそろ入れ替わりみたい」

「おー、おっけ」

もう慣れたものだ、矢野くんはごく自然にそう言って、こちらから視線を外す。

その気遣いは以前の彼のままで、なんとなくわたしはほっとする。

「春珂も事情は知ってるから、よろしくね。二人で色々考えてみて」

「おう、任せとけ」

そう笑う矢野くんを見てから、わたしは顔を隠すようにしてうつむく。

意識が深く沈み込んでいく感覚があって、見えていた景色が、聞こえていた音が、五感全てがすっと遠のいていく——。

＊

「——いやしかし、本当に早えーな」

その後も、矢野くんと状況確認を繰り返し。

こうしてわたし、春珂が出るのも三度目、という辺りで矢野くんがふいにそう言う。

「マジでめまぐるしく入れ替わるよな。大丈夫なん？　混乱してない？」

「ああうん、大丈夫だよ……」

お皿の上のクッキーがなくなっているのに気付き、ちょっと残念に思いつつわたしはうなずいた。

最後の一個、食べたかったのになあ……。秋玻のやつ、わたしより先に食べちゃったな。まあ、矢野くんの可能性もあるだろうけど、でも多分秋玻だ。あの子、こういうバターの香りがしっかりするクッキーが好きなんだよなあ……。

「確かにちょっとめまぐるしいけど、もう慣れてるからね。ごめんねー心配させて。大丈夫だよ！」

今日の本題は、矢野くんの様子だ。なのにそんなことを言ってくれる辺り、やっぱり中身は優しい矢野くんのままなのかも。

不思議な気分で、わたしは目の前の矢野くんをじっと見つめた。

——色々話してみたけれど、結局これといった原因はわかりそうにもなかった。

秋玻のおかげで、矢野くんが変わったタイミングやこれまでとの違いはわかった。けれど、それだけ。それ以上のことは、今のところわかりそうにない。

「ん——……。これどうしようかな。こうなるともう、どうにもできないよね。しょうがないから、普通に一緒に春休みを過ごす？　その中で、どっちのことが好きなのか考えてもらう？

……それもどうなんだろう。なんか、ちょっと無理矢理感がある気がするなあ。

「ていうかごめんなー」

一人でぐるぐる考えていると。

後ろ手にカーペットに体重をあずけ、矢野(やの)くんがふいにそんなことを言う。

「ん？　何が？」

「いやー、こんなタイミングでさ、こんな感じになっちゃって」

言うと、矢野(やの)くんは苦笑しながら髪をガシガシと掻(か)き、

「ほんとはほら、こんなことしてる場合じゃないだろ？　秋玻(あきは)と春珂(はるか)の入れ替わり、こんな早くなってさ。どっちが好きなのかも、考えなきゃいけないし。なのになー、なんなんだろうなーこれ。マジで申し訳ないわー。できる限り早めに治すから！　迷惑かけないよう頑張るから、ちょっと待っててな！」

——そんな、彼の言い草に。

——困った困ったー、とでも言いたそうな表情に。

「……ふ、ふふふ……」

思わずそう声を漏らした。

まずい……。今そんな笑う場面じゃない。けどダメだ、止められない……！

案の定、矢野くんも不思議そうな顔になる。

「えーなんだよーどうしたよ。何笑ってるんだよ、春珂」

「いや、なんか、面白くて……あはははは」

「だから、何が？」

「だって、だってさ……」

笑いすぎて涙が出そうになる。

それを拭いながら、わたしはもう一度口を開き、

「前の矢野くんだったら、絶対そんなこと言わなかったと思うから……」

想像してみる。うん、やっぱりそうだ。絶対そうだ。

これまでの矢野くんだったら、この状況でそういう反応にはならなかった。

「えー、じゃあどういう言い方になったんだよ？　前の僕だったら、どんな感じになってたと思う？」

「あのね……もっとめちゃくちゃ、過剰に凹んでたと思う」

……うん。間違いない。

きっとそうなる、矢野くんは、こっちがびっくりするほど落ち込んでいただろう。

「矢野くん、超が付くほど真面目だったからさ。もう、めちゃくちゃ責任感じてたと思うよ。別に、そんなに矢野くんに非はないのに。『ほんとごめん、僕のせいで。でも絶対なんとかするから！　秋玻と春珂に迷惑はかけないから！』って」

自分で言いながら、彼が全く同じセリフを口にする場面がリアルに頭に浮かんだ。

わたしと秋玻の入れ替わりが早まっていることは、矢野くんの責任ではない。さらに言えば、こんな風になってしまったこと自体も、矢野くんに落ち度があったとも限らないだろう。

けれど、矢野くんはそういうのを全部背負い込んでしまう。

隣で見ていてわたしはそれが心配だったし、そんな彼を愛おしいとも思っていた。

「あ、でも、今の矢野くんが悪いって言いたいわけじゃないよ！」

ふと不安になって、慌ててそう付け足した。

「むしろ安心したというか。うん、それくらいの感じで受け止めてくれるのも、悪くないなって。なんか新鮮で、面白いなって思ったの」

今の彼も嫌いじゃないのだ。いつもの矢野くんが良い！　矢野くんを返して！　みたいなことを言いたいとも思わない。

そりゃ、元に戻ってもらえなかったら困るけれど……せっかく今の彼は、気持ちに余裕があるようなんだ。それを、決して否定するようなことはしたくなかった。

なのに、

「……そっか、いつもの僕だったら、凹んでたのか」

唐突に——彼の声のトーンがフラットになった。

姿勢はさっきのままで、表情も何やら考え込んでいるような様子——。

「過剰なくらい落ち込んでたのか……」

「うん、まあ、そうだと思うけど……どうしたの？」

矢野くんの気配に、変化があった気がした。

さっきまでのからっとしたテンションに、一点の曇りが生まれたような。

それまで完全無欠だった前向きさに、ほころびが生じたような感覚——。

「なんか、わたし嫌なことでも言った……？」

「や、ううん。そんなことないよ」

矢野くんは、そう言ってわたしに笑いかける。

「けど、そうかって。前の僕は、そんな感じだったのかって……」

それでも……不穏な気配は拭いきれていない。

何だろう、わたしがまた、何かスイッチを押してしまったような感覚。

けれど、今のところそれが何のスイッチなのかはわからなくて。だから取り繕うことも、フォローすることもできなくて。

「……なら、いいんだけど」

わたしはそんな風に、歯切れ悪く言うことしかできない。

だから、せめて伝えておこう。こういうことがあったと、秋玻(あきは)にだけは伝えておこう。

わたしはこっそりスマホを手に取ると、得意のフリック入力で今起きたことをメモ帳に残しておいた——。

＊

「……じゃあ、今日はありがとうな」

見送りに来てくれた、わたしの自宅マンションの前で。矢野(やの)くんは、そう言って頬を上げてみせようとする。けれど、どうにも上手(うま)くいかなかったようで、彼の口元はわずかにもごもごと動いただけだった。

「ううん、こっちこそありがとう。ごめん、解決の糸口も見つけられなくて」

「いや、いいんだよ。ていうか、ほんと申し訳ない……」

言って、矢野(やの)くんは肩を落とし、

「できるだけ、早く元に戻れるようにするよ、ごめん……」

そんな彼に——。

しょげかえって見える矢野(やの)くんに——わたしはまたも、混乱し始めていた。

――凹みすぎだ。

あからさまに凹みすぎだ――。

矢野くんの様子が――さっきと大きく変わった。

それに気付いたのは、四度目にわたしに切り替わったときだったろうか。

それまで高めだった矢野くんのテンションが、わずかに下がっていた。声量が小さくなり、表情が暗くなり、発言も控えめになっていった。

最初は、元に戻りつつあるのかと思った。さっきまでの感じはなんというか、気まぐれなハイテンションで、別にそう長続きするものでもなかった、とか。

けれど、そこからも矢野くんのテンションはどんどん下がっていき、いつもの感じに到達したあとも引き続き降下を続け、今や……これまで見たことがないレベルで落ち込んでいるように見える。

……なんで？

なんでこんなことになったの……？

彼を前に、しばしぼう然としてしまう。

いやまあ、確かに以前の矢野くんだったら凹みそうなシチュエーションではあるけれど。さすがに、そこまで気に病むようなことでもないと思う。なのに、どうして……？

そして――ちらりと見たスマホ。

春珂が残してくれたメモで、なんとなく経緯を理解する。

——もしかしたら、秋玻が出る頃矢野くん落ち込んでるかも！

——ごめん、わたしが余計なこと言った！　それがきっかけな気がする！

——えっとね、前の矢野くんだったらこうだったと思う、みたいなことを話してて——。

……。

なるほど、起きた出来事は把握できた。

つまり矢野くんは、春珂に「以前の感じだったらもっと落ち込んでたと思う」と言われて、こうなった、ということになる。その言葉がなんらかのトリガーになって、彼に変化が起きた……。

……思い付く仮説が、二つあった。

あくまで、想像でしかないけれど。素人考えの、目の前にある情報を無理矢理くっつけて生み出したストーリーだけれど。説得力は、それなりにある気がする仮説が二つ。

まず——『矢野くんが調節をした』という説。

矢野くんは、春珂に与えられた「以前の矢野くん情報」に合わせて、人格を調整した。

つまり、彼は春珂の望む自分に近づこうとしたんじゃないだろうか。

もちろん、自覚的にというよりは無意識のうちに。

そしてもしそうだとすれば……他にも色々と説明がつくような気がする。なぜ彼がこんな風になってしまったのか。彼に必要なものは何なのか。

もう一つの説は、『わたしと春珂』のあり方にも関係がある。

今の矢野くんの不安定さには、隠しようのない『見覚え』があるのだ。

――人格の乖離だ。

つまり、わたしたちと同じ――多重人格だ。

以前の矢野くん、そして今朝の矢野くん、今の矢野くん。

入れ替わりこそ穏やかだったものの、それぞれ別の人格に見えなくもない。何か彼に大きなストレスがかかって、わたしたちのように人格が分かれてしまったんじゃないか。

そしてそれが――春珂のセリフをきっかけにして、なんらかの理由で入れ替わったんじゃないだろうか。

これもまた、ある程度説得力のある仮説な気がする。少なくとも、わたしたちという前例が実際にいるのだから。

だから――まず一つ、試してみようと思う。

検証する方法を、わたしは思い付いている。

「……ねえ」

わたしは、恐る恐る矢野くんに尋ねる。

「あなたは――矢野四季くんだよね？」

「……え？」

矢野くんは、不思議そうにこちらを見て首をかしげた。

本当に、全くわたしの言っていることが理解できない表情。

だけどわたしは、重ねて尋ねる。

「あなたは、他の誰でもなく……矢野四季くんだよね？」

……短く間を空けて。

彼は、怪訝そうな顔のまま、

「……うん、そうだけど」

そう言ってこくりとうなずいた。

「どういうこと？　今の質問、どういう意味……？」

「……そっか。今も矢野くんは、矢野くんの自覚があるんだね」

ほう、と息を吐き出した。

少なくとも、これで一つわかったことがある。

「……あの、急に変なこと言ってごめんね。でも、確かめたいことがあって……」

咳払いして、わたしは矢野くんに説明を始めた。

「正直今わたし、矢野くんまで人格が分かれた可能性もあるかな、と思ったの。春珂とわたしみたいに、わけあって別人格が矢野くんの中に生まれたんじゃないかなって」

「……ああ、なるほど」

納得いった様子で、矢野くんはこくりとうなずく。

「確かにちょっと、そんな感じあるかもね……」

「でね、その場合、今表に出ているのは矢野くんじゃない誰か、ってことになるでしょう？ 他の人が、今矢野くんの身体を操っていることになるでしょう？ だから、確認したの。あなたがわたしたちの知る矢野くんなのか、あるいは他の人なのか。結果、矢野くんは矢野くんのまま、っていう自覚だった。てことは……うん、人格が分かれたわけじゃないのかなって」

「……ああ、そっか、そういうことになるのか」

うんうん、とうなずいている矢野くん。

「確かにうん、僕は今まで通りだよ。今までと変わらない、矢野四季だよ……」

「だよね、ありがとう……」

となると、もう一方の仮説が有力になってきた気がする。

矢野くんがこうなってしまったわけ。こんな風に、性格が安定しなくなった理由。

「だからね……わからなくなっちゃった、んじゃないかと思うんだ」

わたしは、そう口に出して伝えてみる。

「矢野くんは、自分がどういう男の子だったのか。どんな性格で、どんなことを考えていて、どんな風に周囲と接していたのか。それが、何かのきっかけでわからなくなっちゃったのかなって」

……言葉にしてみれば、奇妙な状態に思えるかもしれない。

自分がどんな人間かわからなくなる。そんなこと、ありえそうには思えない。

けれど……存外こういうことって、珍しくないと思うのだ。わたしにも覚えがある。

例えば、それまでいた施設とは別の施設に移ったとき。あるいは、転校して知らない人だらけの中に飛び込まなければいけなくなったとき。

新たに知り合った人に、予想もしていなかった評価をもらうことがあった。

『——秋玻(あきは)ちゃんは結構ぐいぐい来るよね』

『——秋玻(あきは)さんは、おしゃべりが好きみたいで』

『——運動好きでしょ？　なんかそんな感じする』

不思議なことに。そう言われると、そんな気もしてしまうのだ。

確かにわたし、ぐいぐいいってるかも。おしゃべり好きかも。運動好きかも。

それまでは少なくとも、そんな自分を自覚したことはなかったのに、誰かに指摘されるとずっとそうだったように思ってしまう。むしろそれを意識してそのあとも行動して、そんな人間になってしまう。そんなことが、わたしにもあった。

つまり——矢野(やの)くんにも、そういうことが起きたんじゃないのか。

一時的に、自分がどんな性格で、どんなことを考えていて、どんな風に周りと接していたのか、わからなくなっちゃったんじゃないのか。だからこそ、春珂の何気ない言葉に大きな影響を受けて、ここまで性格に変化が起きたんじゃ——。

「……ああ、なるほど」

矢野くんも、考えるような表情で視線を落とす。

「自分がわからない。うん、そうだね……。この感覚は、そういうことな気がするよ……」

……やっぱり、間違いなさそうだ。

もちろん、こんなの素人判断で、過信しすぎるのは危ないと思う。けれど、まずはこの説を元に、色々動いてみてもいいんじゃないだろうか。時間もないし、あまりのんびりしているわけにもいかないし。

実際……誰にでもありえる話なんだ。きっかけさえあれば人は皆自分を見失う。

今回は、何かの拍子に矢野くんにそれが起きただけ——。

「……だけどねえ矢野くん、さすがに凹みすぎだよ」

ちょっと考えて、わたしは彼にそう言ってみる。

「確かに矢野くん、前から真面目だったけどさ。さすがにそこまでではなかった気がする」

「え、そ、そうかな……」

そう言って、矢野くんはわたしの顔をじっと見る。

「そんなに、凹むことでもない……？」

「うん。優しいな、とは思うけどね。でもほら、矢野くんが悪いわけでもないし。もう少し身勝手でも良いと思うよ。だから元気出して、なんとかしていく方法を考えようよ」

「そ、そっか……」

こくこくと、矢野くんはうなずいてみせる。

「そう、だよな。さすがに凹みすぎだった。うん、だよな。そこまで落ち込んだって、しょうがないし。問題、解決してかないといけないしな」

——その顔は、まだわずかに陰りを残している。

声のトーンも、フラットと言うにはほど遠い。

けれど——わたしは、はっきりと見いだした。

彼の表情に、わずかの緩みを。わたしの指摘からの、はっきりとした影響を。

……うん、やっぱり矢野くんにはもう少し明るくいて欲しい。

ずっとさっきみたいに落ち込んでいるのも辛そうだ。過剰に明るいのもなんだかそわそわしてしまうけれど、無理のない範囲で、わたしは彼に笑っていてもらいたい。

そして、もう一つ、わたしは彼に提案したいことがある——。

「矢野くん」

わたしは——真っ直ぐ矢野くんの方を見て、彼に言う。

「わたしたちと一緒に——矢野くんを探しに行こう」

矢野くんが、はっとその目を見開いた。

「矢野くんがどんな人だったのか。どんな性格でどんな考え方をする人だったのかを、もう一度確認し直してみよう。きっと……必要なのは、そういうことだと思うんだ。本当の矢野くんの姿を、理解すること……」

そうすれば——元の矢野くんに戻れるはず。

共通の知り合いに会ったり、これまで一緒に経験してきたことを振り返ったり。

そうしてこれまでの矢野くんのことを知れば、矢野くんが矢野くんを思い出せば、いつもの矢野くんに戻れるはず。

「なるほど。僕を探す、か……」

視線を落とし、考える矢野くん。

短い間のあと、彼はゆっくり顔を上げると、

「……そうだな、そうしようか」

優しげな笑みで、わたしにそう言った。

その表情は——わたしの知る彼そのもので。

この一年間ずっとそばにいてくれた、大切な彼のイメージそのもので。

「ありがとう、そんな風に言ってくれて。助かるよ、付き合ってもらえると」

胸に、華やかなうれしさが咲き誇った。

問題は、沢山あるけれど。

二重人格がもうすぐ終わること、矢野くんがどちらを好きなのか、そして矢野くん自身のあり方。

そのどれもが大切で、一つ一つが頭を抱えてしまう大問題だけど。

けれど、わたしは思うのだ。きっと、その全てはどこかでつながっている。

全てが解けたときに、わたしたちは大切なものを見つけられる——そんな確信がある。

だから、焦らずに考えていこう。三人に必要なことを、順番に見つけていこうと思う。

「うん——頑張ってみようね、矢野くん！」

第三十六章
Chapter36

【伊津佳／修司のセンチメンタル☆春休みモード】

Bizarre Love Triangle

三角の距離は限りないゼロ

ベッドの上で、だらだら〜っと乙女タイムを満喫していた。

四月まであと数日。

つまり、わたしのゴールデンタイム終了間近。

春休み中だけこっそりやってるファストフード店のバイトも休みで、特に予定もなくて。

わたし須藤伊津佳は、部屋のベッドに寝そべり優雅（#怠惰）に時間を過ごしていた。

インスタ見たりー、TikTok見たりー、Twitter見たりー。

んー、なんかみんな、充実した春休み過ごしてんねえ……。

わたしもなんかしたーい。誰か誘って遊びに行く？　いつものメンバーとかで。

あ！　そうだ！　こないだせっかくOmochiちゃんとも仲良くなったし、あの子誘ってみてもいいかも！　ここで交友関係広げるのも楽しいかも！

そうなると、ワンチャン千景ちゃんとかもありえるか？

Omochiちゃんのいとこでもある、うちのクラスの古暮千景ちゃんな。遊んでみたら、実は結構気が合ったりしそうじゃない？

というかこの際、誘えそうな人全員誘って、来れる人集めるとかもありかも！

クラスも三年で変わるしねー、垣根関係なく仲良くするのも悪くないのでは……！

そういうのが、ゴールデンタイムの締めくくりにふさわしいのでは……⁉

なんて、そんなことをとりとめもなく考えつつ。どうしようかなーなんて友達一覧を眺めて

いると――、

四季『おーい修司！』

矢野からのメッセージの通知が、画面上部に表示される。

いやあんたそんな、お茶の商品名みたいな呼び方、とか思いつつメッセージ画面に飛んだ。

秋玻／春珂、矢野、修司、そしてわたくし須藤伊津佳というメンバーのグループが作られていた。

うん、いつメンですね。

これはあれだな、遊びの誘いだなー？

なんて、うきうきしながら様子を見ていると、そこにさらに矢野からのメッセージが追加される。

四季『今から家行かせてもらうから！』

四季『悪いけど準備しといて！』

四季『あと、須藤も来て！　話したいことある！』

……ん？

……ん⁉

な。なんかちがくない？

なんか、いつもの矢野の感じとちがくない……⁉

や、なんだろ、短い文面だから断言できないけど……圧が強いというか。いきなりお邪魔させてとか、須藤も来てとか、なんか全体的に雑じゃない……？

普段の矢野だったら、絶対こんな言い方しなかったはず……。

修司に探り探りお邪魔していいか伺い、わたしにもまず予定を聞くところから入り、なんならもう、時候の挨拶とかそういうのから文面を始めるまである。矢野ならワンチャンそのレベルもありえる。

なんだこれ、どうしたんだろ……。

……あーもしかして、そういうネタか？

らしくもない発言をして、笑わせに来てるんだろうか？　あるいは、誰か他の人がスマホ借りてこの文章打ってるのかもしれんね。おそらく春珂辺り。

まーとにかく、多分冗談なんだろう。

だったらこっちもノリ良く返すのみ。

いつか『どうした矢野!?』

いつか『いつになく強引BOYじゃん！』


うん！　これでよし！

この感じで行けば矢野も乗ってくれるはず！

しかしなんか、こういうやりとりちょっと懐かしいなー。

去年の春頃、わたしは矢野に「実はちょっと演じてた」みたいなことを明かされた。それ以来、彼は繊細な素の自分を出して接してくれるようになってくれて、わたしたちの中でもそれが徐々に当たり前のことになっていった。

でも、なんかこー今の感じは……それ以前。あいつがノリのいい男子を演じてた頃のやりとりに近い雰囲気がある。

あれはあれで嫌いじゃなかったから、懐かしくて楽しいなー。

むしろわたしは、このあとずっとこの感じになってもらっても構いませんよ！

……なのに、

四季『え、そうか？』

四季『というか修司、どうよ？』

四季『今から行ってOK？　なんか予定ある？』

……おいマジでどうした？

なんか、あんまネタじゃない感じじゃない？　完全に素でやってる感じじゃない？

ちょっと、強引さの度が過ぎてるぞ……。

矢野に何か起きてるの？　まさか……未成年飲酒で酔っ払ってるとか⁉

矢野！　それはマジでダメだよ！　法律は守ろうよ！

それができなきゃわたしたち友達でいられないよ！

そしてそこで、ようやく修司が会話に参加する。

シュウジ『ごめん、音楽聴いてて気付かなかった』

シュウジ『今からは、来てもらっても構わないけど』

シュウジ『どうしたの？　なんかあった？』

シュウジ『ていうか、矢野ちょっと雰囲気いつもと違わない？』

まあそりゃ修司も気付くよね。明らかにこれまでの矢野とノリが違うし……。

と、そこでしばし矢野からの返信が途切れる。さっきまではポンポン返事が来たのに、どうしたんだろ。少なくとも、既読にはなってるっぽいけど。

訝しんでいると、矢野の代わりに別の人からのメッセージが投稿される。

水瀬『二人とも、おどろかせてごめんね。。。』

水瀬『ちょっと事情があって。。。。』

これまで黙っていた秋玻／春珂だった。

この感じは……うん、春珂の方だな。もうなんか、最近は文面でわかる感じになってきた。

気弱な雰囲気があったり『。。。』みたいな表現を多用している場合は、まず間違いなく春珂なのだ。

ふふん。こういうの、友情が深まった証し、みたいな感じがあってなにげにうれしいよねー。

シュウジ『事情？　どうしたの？』

いつか『あ、もしかして今春珂、矢野と一緒にいる？』

水瀬『うん、そうなの。。。』

水瀬『実は矢野くんに色々あって、それをなんとかしようとしてるところでね。。。』

ほう、色々ですか。気になるところですね。

と、そこでまた短く間が空き。

水瀬『だから、もしよければ協力してもらえないかなって。場所は、どこでも構わないわ。矢野くんは修司くんの家が良いって言っているけれど、そこでないといけないわけでもないから』

お、これは秋玻に入れ替わりましたね。

この丁寧な長文、間違いなく秋玻だ。心なしかフォントの感じも、かわいい系から美人系になった気がする。いや完全に気のせいだけど。

いつか『ふんふん、なるほどね～』

いつか『またなんか、厄介なことになってそうですな～♨』

シュウジ『しかも、入れ替わりも早そうだし』

シュウジ『水瀬さん自身も大変そうだね』

水瀬『そうなの。だから、申し訳ないんだけど力を貸してもらえると助かるわ』

んーなるほど、そういうことね！

確かに、入れ替わりが早いのはマジで大変そうだ。クラス会のときもそうだったけど、そんなにパッパって人格が交代しちゃうのは普通に困るだろう。話も記憶も途切れがちだろうし、何が起きてるのかわからなくなりそう。入れ替わりもしないのにたまに話に置いていかれるわたしとしては、他人事とは思えませんな……。

それに、うん、矢野に厄介ごとかあ……。

んーなんというか、つくづくあいつ、色々抱え込むタイプだなあ。

文化祭に修学旅行にクラス会に、行事の度に何か起きてるし。

もうほんと、どれだけトラブル引き寄せ体質なんだ。

というか考えてみれば、秋玻／春珂と出会って恋したのだって大事件だしね。なんだよあいつ、そう考えるとマジで漫画並に波瀾万丈だぞ！　ちょっとうらやましい！　毎日退屈しなさそうで！

……まーとにかく。

こうなったら……いつかちゃんが一肌脱いであげるしかなさそうですね！

満を持して、いつかちゃん、出動のタイミングみたいですね……！

ベッドから飛び起きると、部屋着を脱いで出かけられる服を着る。

ローテーブルに鏡とメイク道具一式を出して、軽くお化粧をする。

そんな間にもラインは飛び交っていて、どうやら結局このあと修司の家に集まることになったようだ。メイクの手を一時的に止め、わたしもそこに参加表明する。

なんとなく、リップを塗りながら鼻歌を歌ってしまった。

こんな状況だし本当は矢野たちを心配すべきなんだろうけど、休みの日に皆に会えることに、どうしてもうれしい気分にもなってしまうのだった。

＊

うれしい気分は秒で終わった。

「すいません、今日は僕のためにこんなに集まってもらっちゃって……」

到着した修司の家。全員が彼の部屋に着いたところで。

矢野はその場に立ち上がり——わたしたちに深々と頭を下げた。

「自分がふがいないばっかりに、こんな風にご迷惑かけて……でもなんとか、なんとか早めに元に戻るように努力しますので……」

「……どうした⁉」

思わず、叫んでしまった。

「さっきの感じはさっきの感じでビビったけど……今度はまた、どうした⁉」

腰が低かった。

ラインでの自由っぷりが嘘だったように、矢野は過剰に丁寧になっていた。や、元々確かに丁寧めなやつではあったと思う。がさつなわたしなんかよりはずっと周囲に気を遣っていて、それで疲れてしまうところもあるようだった。

けれど、なんかもう……今の感じはそれともまた違う。

たとえて言うなら、なんだろ、クレーム対応……？

不手際があって、お客様にご迷惑をおかけしたコールセンターの人みたいな物腰で、彼はわたしたちに深く詫びていた。

——この部屋に来るのは、久しぶりだった。

大きくて洒落た、全体的にモノクロの戸建て。豪邸、なんて呼べるような修司の家。その二階にある彼の部屋は、外からの見た目と同じくなんかしゅっとした雰囲気だ。

シンプルなのにお洒落な家具と、並んでいるレコードのジャケットたち。すみっこにはＤＪが使うようなレコードプレイヤーがあって、「は～今時の若者ですな～」と思う。まあわたしも同い年だけど。

全体としては、めちゃくちゃ大人びた雰囲気だ。ここの主はモテるだろうなーと思うし、実際修司はモテる。なんか終業式の日も同級生の子に告られてるっぽかった。

けれど、

「……」

修司本人は、ぽかーんとしていた。

様子の変わった矢野を前にして、彼はなんかぼけっとした顔をしていた。

珍しくマヌケな表情。こないだ告ってきてた子、この顔見たらどう思うんだろ。

「いやほんと、これまでも散々迷惑をかけましたし……」

矢野は相変わらず、わたしたちに恐縮しまくっている。

「なのにまた、こうして春休みに入ってまで……どのようにして、皆さんにお礼をお伝えすればいいのやら……。やはり結果を見せるしか、ない気もするんですが……」

いや普通で良いよ！　普通にありがとうでいいよそれで十分だよ！

……とにかく、これ以上矢野と話していても仕方ない。

わたしは出されたお茶を一口飲むと——彼女の方を。何かしら事情を知っていそうな秋玻の方を向く。

それに気付いたのか、秋玻はこほんと咳払いして、

「えっと……矢野くんの変化には、わたしも昨日気付いたばかりでね」

困ったような顔で、わたしたちに笑いかけた。

「どうも矢野くん、クラス会のあとちょっと何かあったみたいで。自分がどういう人だったのか、見失っちゃったみたいなの……」

――秋玻は、丁寧に説明してくれた。

秋玻と春珂も、ラインをきっかけに矢野の様子がおかしいことに気付いたこと。

会いに行ったところ、実際に矢野の性格がつい昨日と変わってしまっていたこと。そして、春珂の発言をきっかけに、さらに性格に変化があったこと――。

「わたしも、たまにあるんだけどね」

そう前置きして、秋玻は慎重に言う。

「自分がどういう性格なのか、どういう人間なのかって、案外わからないものだと思うの。だって、自分にとっては自分の行動って、全て当たり前でしょう？　ごく自然にそれを選んでいるし、偏りなんて気付けないよね。だから、周囲と比べて初めて自分の特徴がわかるというか」

「あーそれは確かにね！」

こくこくと、わたしはうなずいた。

「わたしも、家族全員元気だからさー。幼稚園入ったとき、皆が皆そうなんじゃないって初めて知ったもん。わたしって、明るい性格だったんだなーって」

あれはびっくりしたものだった。

なーんか、皆元気がないように見えたのだ。ずっと走り回ってるのは自分だけ。ずっと笑っているのは自分だけ。どうしてみんな、そんなに静かなのかと疑問だった。

そんなわたしを、先生たちは「すごく元気な子」として扱った。それで、初めて理解したのだ。ああ、わたしって元気なんだ！　と。周りの皆が普通で、むしろここまで明るいわたしの方が、ちょっと特別なんだ！　と。

「うんうん。そうだよね。でも逆に、偶然幼稚園で出会った周りの人が、みんな伊津佳ちゃんくらい明るかったら、それにも気付けなかったわけで。案外、『自分』のイメージって脆いのかなって」

「あーそうねえ、そうなんだろうなあ……」

もう一度、わたしは深くうなずく。

「だからね、最初矢野くん、なんだかすごく陽気だったんだけど、春珂が『前の矢野くんだったらもっと落ち込んでただろうな』って言ったら、途端に落ち込んじゃって。それを見たわたしが、『もっと身勝手でもいいよ』って言ったら、今度はさっきのラインみたいな感じになって」

「ああー、はいはいそういうこと！」

ようやく納得がいった。

そうか！　あれは自分の性格がわからなくなった矢野が、意見を聞いて調整をした結果なのか！　秋玻や春珂に指摘されて、過剰にそれに合わせちゃったっていうか……。

「んー、めちゃくちゃわかる……」

修司が、何やら珍しく熱っぽい同意の声を上げた。

「や、その感じ、俺めちゃくちゃわかるよ……」

……どうした修司。

そんなに「共感！」みたいな雰囲気になるの、珍しいじゃん。

腕を組み、そちらに視線をやると……修司は熱心に話し始める。

「あのさ……実は俺、今くらいの成績になったのって、高校入ってからなんだよ」

「え、そうだったの？」

秋玻が目を丸くする。

「クラスでも、トップに近いよね？　ずっとそうなんだと思ってた」

「や。俺ずっと劣等感がすごくあってさ。父親が社長ですごく能力のある人だから、それと比べて自分はって思ってて、自信もなくて。実際に、周りにもそういう風に扱われてたんだよ。親とか、親戚とかね……。で、その頃は成績もまあまあくらいだった。悪くはないけど、めちゃくちゃ良くもない、みたいな……」

「へえ……」

秋玻も目を丸くしていた。ちょっと信じられない、みたいな表情だ。

ちなみに、わたしは小学校中学校と修司と同じだったし友達だったけど、成績がどうだったとかは全然覚えてないっす！　あんま興味なかったしね、他の人がどれだけ勉強できるか、とか……。

「けどほら、なんだかんだ言って、高校はこの辺で一番の進学校に入れたし、思ったよりも悪くないんじゃないかって。俺は俺が思ってたほどダメなやつじゃないのかもって、そう思ったら成績も上がり始めてさ。びっくりだったたよ、そしたら周りの人にも褒められるようになって、どんどん色んなことが好転し始めて……。だからうん、周りの評価って、本当に人に影響与えるんだなって。それが、人を作ることもあるんだなって……」

言って、彼は優しい目で矢野を見た。

「もちろん、医者の診断とかそういうのでもないんだろうから、信じ込んじゃうのは危ないけど。でも、矢野がそういう理由でこうなったなら、うん。共感できる気がする」

……んーなるほどねー。

確かに、そういうこともあるんだろうなと思う。

というか、そんな確固たる自分、みたいなものを持ってる人なんてあんまいないだろうしね。

そうやって、周囲と影響し合ってできていくものなのかもしれんね、性格とかって。

「……矢野本人的にはどうなの？」

なので、わたしは矢野本人にそう聞いてみた。

わたしも修司も、秋玻の仮説は理解できた。

でもまあ、実際仮説は仮説でしかないし、さっきから矢野も黙っている。

ここらで、本人の感想も聞いておいた方がいいよね。置いてきぼりにして話進めるのも怖いし、なんかかわいそうだし。

「そう……ですね」

相変わらずのクレーム対応モードで、矢野はうなずく。

まだそれなのかよと笑いそうになったけど、太ももをつねって事なきを得た。

「おそらく、秋玻さんの言う通りなんだと思います。加減が、わからなくなってしまったというか……。そうなると、皆さんのお話に出てくる以前の自分しか、振る舞い方のヒントを見つけられなくて……」

「……ふむー。じゃあまあ、一応秋玻仮説で考えるのがよさそうだねー」

本人もそう感じているなら、多分そうなんだろう。

もちろん、今の矢野の自覚を頼りにするのはどうなんだ、というところもあるけど、ひとまずそれを前提にしてみるのはありだと思う。

「ただ、原因がわからなくて……」

矢野はそう続ける。

「なぜこんなことになったのか。それから、どうすれば元に戻ることができるのか……。それで、さっきまで秋玻さん、春珂さんと相談していたんです……」

「そう、それでね、なんとなくこれを試していこう、みたいなアイデアが出て——」

と、秋玻はふと気付いた顔になる。

そして、どこか名残惜しそうな表情で、

「……ああ、もう入れ替わりみたい」

お、もうそんな時間か。

確かに、修司の部屋に着いてからもうそこそこ経っている。

「ここからね、伊津佳ちゃんと修司くんにお願いしたいことを話そうと思ってたんだけど……続きは、春珂にお願いしようかな。ごめん、ちょっと待っててね」

「はいよー」

「うん、じゃあまた」

わたしと修司が言うと、秋玻は小さくうつむく。

うらやましいくらいつやつやな髪が、かわいらしいその顔を隠す。

そして──数秒後。春珂が顔を上げ、秋玻のときよりもどこか無防備な表情で、わたしたちに尋ねてきた。

「おっ、これはどこまで話した感じかな？」

＊

「――よし、これでどうかな？　皆見える？　音聞こえる？」

部屋のカーテンをぴっちり閉じ。

プロジェクターの調整をしていた修司が、わたしたちに尋ねてくる。

「おお、すごい！　大丈夫だと思うよ、綺麗に見える！」

わたしの隣で、春珂がはしゃぎ気味の声を上げた。

「家にこんなのあるんだ！　映画館みたい！　やっぱり、修司くんの家でお願いしてよかった……！」

うん、確かに春珂の言う通り、なかなかの大迫力だ！

縦は一メートルくらい、横幅は修司の身長くらいだから、百八十センチくらいだろうか。

ロールアップタイプの大きなスクリーンに、これから見る予定の映像が試しに映し出されている。

表示の感じも綺麗だし、確かに映画館っぽいなこれ。

というか、なんか音も良くない？　色んなところから聞こえてくるし、それがすごいリアルっていうか。低音がすごく響く感じもあるし。

「そう言ってもらえたならよかったよ」

照れくさそうに、修司は破顔している。

「ほら俺、ライブ映像とか見るの好きだから、そのために買ったんだけど。まさか、こういうことに使うなんてね……」

『――二人と一緒に、これまでの矢野くんを振り返っていきたいの』

『ちょうど、クラス会の映像があるから――それを見ながら！』

秋玻から入れ替わった春珂は、そんな風に説明してくれた。

つまり、とても地道で確実なやり方だ。自分がどんな人間だったか忘れてしまった矢野に、これまでのことを思い出させる。実際の動画を見せて、本人に改めて性格を確認させる、ってわけだ。

うん……めちゃくちゃ正攻法！

これ、わたしも良い考えだと思います！

というかもう、ここまでしたら矢野も確実に自分の性格を理解するはず。

なんせ、目の当たりにするわけだ。実際に自分がしてきた言動を、映像って形で。

しかも！　今回なんと副音声付き！　秋玻、春珂、修司、そしてこの伊津佳ちゃんという、カワボとイケボの豪華副音声付きである！

これはもう……一発解決でしょう。

あっさりいつもの矢野に戻って、穏やかな春休みが始まることでしょう！

いや、まあ穏やかではないだろうけど。秋玻と春珂の件もあるしね……。

そしてさらに、期待していることがもう一つある。

「——こうして振り返れば、矢野くんが抱えてた悩みを再確認できるでしょ？　どんな経緯で、どんな気持ちでこの変化に至ったのか、順を追って確認できそうかなって……」

春珂は、そんな風に説明してくれた。

……確かにそうなのだ。

考えてみれば、そもそもなんで矢野は自分がわからなくなったのか。それも謎なのだ。

前から矢野、なんかそういう自分のあり方に悩んでいたっぽいけど、わたしもそれが具体的にどんな内容なのかまでは知らない。どんな経緯でこんな風になったのか。何をどう悩んで、自分がどんなやつだったかわからなくなったのか。それさえも、この振り返りで探ることができるかもしれないわけだ。

つまり！

——矢野を元に戻せる！

——原因も探れる！

——しかも皆で映像見れて楽しい！

という——一石三鳥の完璧な作戦なのだ。

「ナイスアイデアだね！　春珂、やるじゃん！」

「あ……考えたのは、秋玻と矢野くんなんだけどね……。わたしは、そんなに意見出せなくて……」

「なんだよ！　ちょっと感心しちゃったよ！　ていうか矢野、その状況なのに普通に頭は回るのな、なんかびっくりだ！」

「いえ……皆さんにばかり迷惑をかけるわけにもいかないですし……」

クレーム対応モード！　やりづらい！

まあいいや、そんなことより映像だ！

なんかわくわくしてきたぜ。さて、どうなりますかね……！

「じゃあ、再生するね」

言って、修司が動画を頭出しして再生を始める。

短くＯＰがあって、本編が始まった。

まずスクリーンに大映しされるのは——、

「……おお……」

——わたしだ。

二年四組が始まった日、始業式の朝の映像。

自分の席に座り、ニコニコでダブルピースしているわたし——。

今も覚えている。修司にお願いして、教室に着いてすぐ撮ってもらったんだ。

『――いえーい！　ということで、ついに高校二年生になりました！　始まったね、人生のゴールデンタイム！　これが、今日からわたしのクラスになる二年四組です！』

……見るのはこれで二回目だけど、というかおととい見たばっかりだけど。

やっぱちょっと……ぐっとくるものがあるな……。

ちょうど一年前、まだフレッシュだった頃のわたし……。懐かしくてちょっぴり切なくなってしまう……。

皆も同じような感想だろう、と思ってちらりと隣を見ると――修司と春珂は、失笑みたいな顔で映像を見ていた。

なんでよ！　なんでそんな、おバカな子を見るような顔で笑ってんの！

いや確かに、映像の中のわたしポーズ的におバカ感あるけど！

……って、そんなことより矢野だ。このときに、矢野がどんな男の子だったか。

よく見ると、映像の片隅には矢野もちゃんと映っている。

本を読みながら……何やら教室内にちらちら視線をやっている矢野。

何見てるんだろう、と視線の先に目をやると……おお、秋玻やんけ。秋玻がおるやんけ……。

はは一ん……なるほどね。もうこの段階で、矢野は秋玻が気になってたってことね……。

……と、そこでふとわたしは思い出し、

「そうか、この頃まだ矢野、キャラ作ってたんだね！」

　そうだ、この時期まだ、わたしは矢野が「明るくてノリのいいキャラ」だと思ってたんだ。ここからしばらくしてそれをカミングアウトされるまで、本当はそうじゃないことに全然気付いてなかった。

　だからよくよく見ると、手に持っている本も漫画の単行本だ。多分この時期、まだ小説を好きなのも隠してたんだなー……。

「そうそう、秋玻と話したのも、それがきっかけだったみたいでね」

　春珂が、薄暗い部屋の中でこくりとうなずく。

「誰もいない朝の教室で、矢野くんが、なんだっけ、池澤……夏樹？　読んでて。それを偶然見かけたのが、最初なんだって」

「ああ、うん、そうだったね……」

　なんとなく、かすかにクレーム対応感の薄らいだ矢野がうなずく。

「そのときのことは、よく覚えてる。そうだね、ちょうどこの頃までキャラ作ってたんだ。春珂と仲良くなったのも、キャラ作りが原因だったし」

「へえ、そうだったんだ」

　修司が一度動画の再生を止め、春珂の方を向く。

「どういう経緯だったの？　秋玻ちゃんみたいに、矢野の素を偶然見ちゃったとか？」

「ううん。むしろその頃わたし、二重人格なの隠しててさ。一人のわたしでありたいからって。

だから、秋玻の振りして暮らしてたのに、矢野くんが、わたしの存在に気付いちゃったんだよ」

「あー！　そう言えばそうだったね！」

　思わず、大きめの声が出てしまった。

　でもなんか、久しぶりに思い出してテンションが上がってしまった。

「そうだったそうだった。この頃二重人格、隠してたわ！」

　今となっては、もう入れ替わるのが普通になってしまって。それを隠していた、というのがなんだか不思議に感じられた。

「そうそう。で、矢野くんもキャラ作ってるの隠してて、でもそれに罪悪感覚えてて。だからなんだろ、本当は一人の自分でありたい同士として、仲間になったんだ」

　……おー、なるほど。

　そうか、この時期って矢野も秋玻も春珂も、みんなそれぞれ無理してたんだなー……。

　それになんというか、全体的にすごく『矢野感』のあるエピソードな気がするかも。最近の矢野に通じる、なんかこう、哲学的な感じのする悩みというか……。

「ふんふん、なんとなく当時の感じがわかってきたな……」

　そう言って、わたしはここまでわかったことをまとめる。

「矢野はこの頃、キャラを作ってた上それに罪悪感を抱えてた。本当は一人の自分でありたかった、作ったりせずに素の自分で周囲と接したかった。で、春珂も、人格が分かれているのはおかしい、一人の自分であるべきだと思っていた。自分は見つかるべきではないと思っていた。だから意気投合して、仲良くなったと。そんな感じだよね？」

「うん、そう！　矢野くんも、合ってるよね？」

「だな、その通りだと思う」

こくりとうなずく矢野。おし、意外とわたし、まとめ能力あるな。

しかしまー、確かにこんなことあったら矢野と春珂、仲良くなるわなあ……。

似たような悩み抱えてたなんて。しかもそのあと、矢野はわたしたちに素の自分をカミングアウトして、春珂に見せたわけでね。うん、そら春珂も恋に落ちるわ。

……んー。でも、ここにきてちょっと違和感も覚え始めた気がする。なんだろう、なんていうのかな。上手く言葉にできないのだけど。

……まあいいか。今は別に、わたしの違和感とかそういうのは。話先に進めようっと。

で、矢野はどうだ？

こうして実際、過去の自分の感じを把握したわけだけど。

もう治ったかね？　テンション、前の感じに戻ったかね。

そう思って、矢野の方を見るけれど、

「んー、この時期は、ほんと皆に心配かけたよな……」

矢野はそう言って、小さく視線を落としている。

「ごめんなみんな、キャラ作ったりして……」

……うん、ダメだわ！　まだクレーム対応感残ってるわ！

次行こう！

修司が映像を再開して、画面の中で季節が流れていく。ゴールデンウイークっぽい時期が過ぎて、季節は梅雨に差し掛かりかける。

この時期は、何があったんだっけ。えーっと。……あー。

思い出した。思い出しちゃった。そうだ、この頃……わたし、修司を振ったんだ。

おおお、気まずい……。それが話題に出るのは避けたい……。なんとかさらっと、この時期の映像は流していきたいぜ……。

「こ、この頃は、矢野的になんかあった？」

あからさまにうわずった声で、わたしは尋ねてみる。

「こう、自分のあり方に関わるような出来事っていうか……そういう感じのことは……」

その問いに、相変わらず矢野は申し訳なさげに視線をスクリーンから外し、

「そうだな、まず秋玻と付き合い始めたのと……ああ、そうだ。細野、柊さんと仲良くなったのがこの頃だな」

＊

「……そうか、そんな時期か、これ」

一度映像を止めながら——俺は、気付けばそうつぶやいていた。

「俺、その辺のことって、もっとずっと昔な気がしてたよ」

考えてみれば、まだこのときから十ヶ月ほどしか経っていない。

けれど体感的には、二、三年前の出来事のような気がした。それくらいに、俺たちの高校二年生は濃密だったということなんだろう。

だからこうして俺の部屋に集まり皆で映像を見ているこの光景。これ自体も、俺たちが重ねてきた時間の一つの結晶なんだと思う。

「だ、だよね！」

ふいに、須藤が焦りも露わにうなずいた。

声質がいつもよりも硬い、ピッチもわずかに高い気がする。

「わたしも、なんかもう大昔のことな気がする！　ていうか、矢野と細野たち、中学とかから仲良かったくらいなイメージだよ！」

妙に慌てたようなその口調——。

笑い返しながら、なんとなく彼女の焦りは理解できた。

この時期——俺は。広尾修司は須藤に振られている。その話題になりそうで慌てているんだ。須藤は今も、当時のことを気まずく思っている。

「あはは、いやいや、中学のときは学校別だから」

そう返しながら、ふっと息を吐いた。

「まあ、気持ちはわかるけどね。今の矢野と細野の仲の良さを見てると、特に」

もう別に、気にすることなんてないのに。

確かに当時は辛かったけれど、今も須藤を好きな気持ちは変わっていないけれど。それでも、もう俺はこの頃のことを受け入れることができている。

当時の須藤は、俺のことを好きではなかった。それは仕方ない。

だから——これからじっくり関係を変えていければ良いと思っている。

今も彼女は、俺と仲良くしてくれている。チャンスはいくらでもあるんだ。焦らずに、少しずつ距離を縮めていければそれでいい。

だから——今はそれよりも矢野の件だ。

「他にはどう？」

俺はもう一度、矢野の方に身体を向ける。

「何か他には、矢野の気持ちに変化があるようなことはあった？」

何かありそうな気がした。

俺の記憶が確かなら、何かこの頃も矢野は雰囲気が変わったタイミングがあったような。

「……あー！　そう言えば！」

声を上げたのは、矢野ではなく春珂ちゃんだった。

「あったよ！　あったあった！　ほらあのー、わたしと矢野くんと、伊津佳ちゃんで……そのー話してるときに……」

一瞬口ごもる春珂ちゃん。

もしかしたらその話というのは、例の俺が告白をした件に関係があるのかもしれない。

「なんだっけ、伊津佳ちゃんがさ、『みんなが見るわたしも本当のわたしだから、できるだけ期待に応えたい』みたいなこと言ってて。矢野くん、それにすごい感動したみたいで」

「へえ」

それは知らなかったな。須藤、そんなことを考えていたんだ。

「それまで矢野くん、周りがなんと言おうと自分を貫くべきだって考えてたみたいで、だから伊津佳ちゃんのその話に、なんだろ、尊敬するみたいなこと、言ってた気がする！」

なるほど、それは確かに、矢野の自意識に変化をもたらしそうだ。

高い理想を持っていると、視野が狭くなることはよくある。特に、生真面目な矢野ならなおさらそうなりがちだろう。そんな彼に、須藤が新しい視野を見せてくれた――。

けれど。当の須藤は、

「……え、わたしそんなこと言ったっけ……？」

ぽかんとした顔で。

全く覚えがない表情で、首をかしげていた。

「え、えええええ⁉」

春珂ちゃんが、驚愕の声を上げる。

「お、覚えてないの⁉　わたしも、結構あれ感動したんだけど……⁉」

「ん～……や、かすかに記憶があるような気もするけど……」

腕を組み、須藤は眉間にしわを寄せている。

そして——その顔に、ぱっと清々しい笑みを浮かべ、

「……いや、でもやっぱ覚えてないわ！」

——宣言するように、そう言い放った。

「なんか、千代田先生とラーメン食べ行ったのだけ覚えてる！　ちなみにおごりでした！」

「嘘でしょ……⁉　矢野くん、矢野くんは覚えてる⁉」

「え、ええ……あった、っけ。確かにあったかもな、そんなことも……」

困惑気味の顔で、矢野もおずおずとそう答える。

一応イエス風の解答だけど、これは完全に話を合わせているだけだろう。

「……ええ～」

もはや春珂はちゃんは、愕然と立ち尽くしている。

「ど、どうして？　あの記憶は、わたしの夢だったの……？」

かわいそうに。多分、実際にそういうことはあったんだろう。須藤と矢野が忘れてるだけで、おそらく春珂ちゃんの言うことは事実だ。

実際考えてみれば、須藤は内心そういうこと考えてそうに思う。この子はこの子で、そういうところは真面目だ。周囲の期待に応えたいと強く思っている。

「まあ、それだけ本人たちにとって、自然に受け止められたことだったのかもしれないしね」

さすがにかわいそうになって、横から助け船を出した。

「ほら、自分にとってそれがあまりにもしっくりきて、当たり前になった、みたいな。そういうときって、案外きっかけを忘れたりするものだろ？」

「そ、そうだよね！」

ようやく救いを見いだせたような顔で、春珂ちゃんがこっちに笑顔を向ける。

「わたしの記憶違いとかじゃないよね！　実際、文化祭で矢野くんが頑張れたのも、伊津佳ちゃんの言葉がきっかけだったと思うし！」

「ほう、文化祭」

──なるほど。それがそこにつながるのか。

「じゃあ、その時期の映像を見てみようか」

俺は映像をもう一度再生。スクリーン上でも、文化祭の頃の映像が流れ始める。

慌ただしい準備期間や、画面越しにも高揚が伝わってきそうな本番当日。

そして、矢野と秋玻ちゃん、春珂ちゃんが担当していた、ステージの様子。

「あのね、この頃矢野くんとわたしたち、文化祭実行委員やってたでしょ？」

それを眺めながら、春珂ちゃんが解説を始めてくれる。

「で、御殿山高校の実行委員の子と、庄司霧香ちゃんっていう子と一緒に仕事してたんだけど、その子が矢野くんの、中学の頃の知り合いでね」

「あー、なんか言ってたね！」

須藤が春珂ちゃんの方を振り返る。

「あの、すんげえかわいい子でしょ？」

「そうそう。当時も結構仲良かったみたいで、偶然の再会だったみたいでさー……」

そこで、春珂ちゃんの声色が変わった。

それまでの冷静な口調から、はっきりと感情のこもった声に。

「でね、あの子、矢野くんにキャラ作りさせようとあの手この手で圧をかけてきたんだよ……」

本人に自覚があるのかないのか、表情もあからさまに不満げになっている。

どうやら、この子は相当その庄司さんが苦手らしい。もしかしたら、面と向かって言い合いになったりしたのかもしれない。

けれど、矢野にキャラ作りさせようとしてきたら、そうもなるだろう。

昔の知り合いというだけで、春珂ちゃんにとっては穏やかでいられない相手だろう。

「でも、なんでそんなことさせようとしてきたの？」

気になって、俺は春珂ちゃんに尋ねる。

「矢野にキャラ作りさせて、その庄司さんはどうしたかったんだろう？」

「うーん。なんていうんだろう」

腕を組み、唇をとがらせ春珂ちゃんは考える顔になる。

「元々……その霧香ちゃんが矢野くんにキャラ作りの方法を教えたらしいのね。高校に入るに当たって、こういうキャラでいこう、みたいなのを」

「へえ、そうだったんだ。それは初耳だな。矢野も、それは覚えてる？」

「それは、もちろん」

矢野はそう言って、はっきりとうなずいた。

「あの頃は、本当に霧香には世話になったんだよ。だから、キャラ作り辞めたのが申し訳ないってのもあって……文化祭のときは、本当に困って……」

「そう！　あー思い出してきた！　本当にすごく、意地悪でさ！」

珍しく、本気で憤慨している様子の春珂ちゃん。

「大変だったんだよ、本当にー！」

どうもその庄司さんの矢野への態度は、相当に厳しいものだったらしい——。

＊

「最初はね、矢野くんもなんとかそれをかわしてて。わたしたちもハラハラしながらそれを見守ってたの……」

春珂が「プンプン！」みたいな擬音がつきそうな顔で話し続けている。

「準備期間なんて限定されてるし、本番が終われば多分そう霧香ちゃんと会うこともないからね。今だけの我慢だって……」

……割と珍しいテンションだな。こんな、頭から湯気出しそうな怒り方。

正直かわいい。ちょっとなんかいじりたくなってきた……。

けどまあ、本気で怒ってるっぽいし、ここは我慢だ……。耐えろ、耐えるんだ須藤伊津佳……。

「なのにさー」

と、春珂はガクリと肩を落とし、

「本番でトラブルが起きてさー。共同ステージの場所の告知を、パンフに載せれてなかったんだよー」

「ああ、そう言えばそうだったね」

修司が思い出したような声を上げる。

「だからそうだ、俺もどこでやるんだろうって、ちょっと混乱したんだ」

……あー、確かにそんなこともあったかも。

わたしも、矢野にステージの場所、聞いたような記憶がある。

「でしょ？　焦ったよーほんとに。本番直前にそれがわかってさ。で、その問題を解決するために、矢野くんものすごく頑張ってくれたんだけど、その途中で……どうしても必要があって、キャラを作ることになったんだ……」

悔しそうに、春珂は説明してくれる。

もはや、それしか手段がなかったこと。出演者のテンションをキープしつつ、人を大量に呼び込むには、矢野がノリ良く動くしかない。

ということで。矢野は久しぶりに『元気で明るい男子』を演じ、見事沢山の客を呼び寄せることに成功。共同ステージも、大盛況となった。

そんな話をするわたしたちのそばで、スクリーンには歌う秋玻の映像が映し出されている。

うん、これはＯｍｏｃｈｉちゃんによるオリジナルソングだ。

マジで良い歌なんだよなあ……。実はわたしも、個人的にダウンロードしてちょくちょく聴いています。

「なるほど、そういう経緯だったんだ……」

修司も同じく視線をスクリーンに向けたまま、何度もうなずいている。

「で、ちなみに矢野的には、そのときどうだったの？　やっぱり嫌だった？　前みたいに、すごく罪悪感覚えたりした？」

全員の視線が、矢野に集中する。

当然、「嫌だった」とか「最悪だった」とか、そんな言葉が返ってくると思っている表情に見えた。

それも当然だろう。だって矢野は、わたしたちにキャラを作ってみせるだけであんなに悩んでたんだ。一人でずっと罪悪感を抱えていたんだ。

そんなやつが文化祭で、校内放送を通じて、宮前高校と御殿山高校の全域に作っている自分の声を流す。……うん、凹むに決まってる。なんならトラウマになりそうにも思う。

なのに、数秒の間を開けてから。

「……楽しかったんだよ」

ぽつりと、矢野はこぼすように言う。

「なぜか、僕……それが楽しかったんだよ。キャラを作って、皆を盛り上げて、ステージを成功させるのが……楽しかった」

——しん、と。

その場が、修司の部屋が静まりかえった。

流れているのは、Ｏｍｏｃｈｉちゃんによる曲と秋玻の歌声だけ。

見れば——春珂も修司も、驚いた顔で矢野を見ている。矢野自身も、自分が理解できない顔でうつむいていた。

「すごく、驚いたよ。あとでそれに気付いて、驚いたし……うん、動揺した。思えば、これが大きなきっかけだったかもしれない……。色々、自分のことで悩み始める、きっかけというか……」

……まあ、そりゃ当然だよね。

ここまでの流れで考えれば、矢野がそれを嫌がらないことはないはずだし。

けれど……なんでだろう。わたしはその返答に、ちょっとしっくりくることがある。

こうして話していて覚えた違和感、それが今、その結論に結びついた感じがある。

そう、ピンと来たのだ。

頭の中で、何かを摑めた感覚がある。

だけど、まだわたしはそれを上手く言葉にできない。周りに伝える前に、もう少し自分で考えてみたい。

「……ひとまず、続きを見ようか」

修司が、ぎくしゃくとそう言う。

「多分……その理由を、ここで考えるのは難しいだろ？　だから、ひとまず先にいこう……」

そう言う修司にうなずいて、映像の続きを眺め始めた。

＊

——数時間に及んだ、長い振り返りを終え。

俺たち四人は、矢野の自宅に向けて夕方の道を歩いていた。

バラバラの足音が、現代音楽のポリリズムのように複雑なビートを奏でていた。

須藤の軽やかなステップと秋玻ちゃんの正確な足取り。

矢野のリズムはどこか不安定な気がして、俺はなんとなく自分の足音でその三つの音の調和を取ろうとする。

結局——矢野の様子が元に戻ることはなかった。

最初の頃のように過剰に謝る感じではなくなったけれど、今もなんとなく言動が不安定で。

だから、一人で帰してしまうのが心配で、こうして全員で彼を自宅まで送り届けていた。

「……これから、秋玻と春珂はどうするの？」

須藤が隣を歩く秋玻ちゃんに尋ねる。

彼女には珍しく、その声には隠しきれない疲れのニュアンスが聞き取れた。

「わかったこともわかんないことも一杯あるけど、この先のことは考えてる？」

「……そうね、一度、情報を整理してからかな、と思ってる」

視線を落とし、ピアニッシモで言う秋玻ちゃん。

「ちょっと頭がいっぱいになってるところもあるからね。まずは一度落ち着いてみてからかな……」

「あー、ほんとマジでごめんなあ……」

何がスイッチだったのか。後半再び『明るいキャラ』になり始めた矢野が、秋玻ちゃんに両手を合わせてみせた。

「マジもう、迷惑かけてばっかりで申し訳ない。僕もなあ、もうちょいしっかりしてればなあ……」

「ううん、いいの」

秋玻ちゃんは、それでも矢野に気丈に笑い返す。

「これは、矢野くんのためだけじゃなくて、わたしと春珂のためでもあるんだから……」

——文化祭以降の矢野の心境は、比較的俺たちにも理解しやすいものだった。

そこまでと比べても、勝手のわかってきた俺たちはスムーズに当時の状況の確認ができた。

文化祭の終わったあと、秋玻ちゃんに振られた矢野は、自分の気持ちにフタをした。

作るのを楽しいと思ってしまった自分、秋玻ちゃんと春珂ちゃん、どちらが好きなのかわからなくなった自分。もう完全に、矢野は自分を見失ってしまった。

そして矢野は――致命的な崩壊を防ぐため、気持ちと思考の間に壁を作った。

以来、ぼんやりと毎日を過ごすようになり、修学旅行もその状態のまま参加。

俺たちも、当時の矢野の様子はよく覚えている。旅行中は、矢野を元に戻すため様々な作戦を実行したりもした。

けれど――それを踏み越えるきっかけになったのは、やっぱり秋玻ちゃん、春珂ちゃんだった。

「旅行の最後にね。わたしたちが――矢野くんの『変わらないもの』になるって、そう伝えたの」

映像が、帰りの新幹線内を映してポーズしている中。

恥ずかしげに声をうわずらせ、けれど秋玻ちゃんは、そう説明してくれた。

「矢野くんは、自分を見失っちゃった。確かなものは何もない。その上、矛盾してるのにも気付いた。作るのが嫌だったのに楽しかった。わたしを好きなのに、春珂のことも好き」

確かにそれは、混乱するだろうと思う。

正反対の気持ちが、確かに自分の中にある。そんな事実、どうしたって上手く飲み込めないだろう。特に——一人の自分でありたい、と思っていた矢野なら。

「けれど、わたしと春珂が矢野くんを好きな気持ちは変わらない。だから、わたしたちが矢野くんにとっての『変わらないもの』になるよって、そう伝えたの。わたしたちを大事にして、わたしたちのことを考えて。そうすれば、きっとそれが矢野くんが、自分を支える最初の一歩になるって」

——正直、胸に熱いものがこみ上げた。

本当に、健気な子だなと思う。

そこまで相手に寄り添うなんて、なかなかできることではない。

俺だって、同じ状況に置かれたら絶対そんな発想にはなれない。本当に、矢野がうらやましいくらいだ。

「そのあとはね、うん。わたしと春珂、同じように大事にしてもらう時期が続いたの。この頃が、一番安定してた。わたしたちの入れ替わりも、矢野くんも。けどね……うん。やっぱり、選んでもらいたいと思って。きちんと、気持ちに答えを出してもらいたいと思った」

悔やむような表情で、秋玻ちゃんは言っていた。

きっと、自分たちのその望みが矢野をこんな風にしてしまったと思っているんだろう。

けれど、誰がそれを責められるだろうと思う。

気持ちの答えを出して欲しい、どちらが好きなのか決めてもらいたい。そう願うのは、恋をしている者として当然の願望だと思う。

「矢野くんも、そんなわたしたちの気持ちを受け入れてくれて、どっちが好きなのか確かめる毎日が始まった。同じ頃、クラス会の準備も始まって、この間本番があって、それで……」

「……うん、そこだと思う」

矢野が、最後に話を継ぐ。

「その夜、僕は自分を見失ったんだ……」

……大枠での流れは、きちんと理解できたと思う。

自分のあり方と、秋玻ちゃん、春珂ちゃんとの恋愛に悩んでいた矢野。

その最終局面で、二人からどちらかを選ぶタイミングで——何かが起きた。そして、矢野は自分がどんな人間だったかわからなくなってしまった。

……何が起きたんだろう。

たった一晩で、矢野は変わった。

何があれば、そんなことになるんだろう。何が、矢野の気持ちを変えたんだろう。

俺たちの間に満ちる沈黙。声に出さなくてもわかる。きっとみんな、俺と同じようなことを考えている。

そして、その静けさを破ったのは、

「……思い出した」

ぽつりとこぼすような、矢野の声だった。

まだ過剰に恐縮する気配の残っていた矢野が、消え入りそうな声でそう言った。

その顔が、スクリーンの光を浴びて青白く光っている。

「夢を……見たんだ」

「夢？」

寝言のような矢野の言葉に、いつの間にか秋玻ちゃんから入れ替わった春珂ちゃんが繰り返す。

「どんな夢を見たの？」

「……恋をしてる、夢だった」

全員が——矢野に注目した。

「誰かに、恋をしてるんだ。すぐそばにいる女の子に、隣にいてくれる、その女の子に……。すごく、はっきりした感覚があったんだ。僕、ずっと、悩んできたけど……。秋玻と春珂、どっちが好きなのか、ずっと考えてきたけど……。そのときは、迷わなかった。俺は、この子に恋してるって思った……」

——春珂ちゃんの目が、大きく揺れた気がした。

これは……この話は、きっととても重要だ。

これからの矢野を、秋玻ちゃんと春珂ちゃんを大きく左右する話——。

確かに、ただの夢の中の出来事でしかない。

どこまで信憑性や、現実との関係があるのかもわからない。

けれど――はっきりと肌で感じる。その夢は、きっと矢野の本心に強く紐付いている――。

一瞬――酷く迷った。

俺は、ここにいていいのか。

俺と須藤は、この話を聞いていていいのか。

もしかしたら、告げられるのかもしれない。秋玻ちゃんと春珂ちゃん、どちらに恋をしていたのか、その結論が今出るのかもしれない。

ちらりと須藤の方を見る。目で合図して、その場を出ようとする。

俺の意図を理解したのか、須藤もその場から立ち上がりかけた。

けれど――、

「……思い出せないんだよ」

――矢野は、そう言った。

「恋をしている、その女の子が……誰だったのか、思い出せない……」

＊

「……思い出せないんだよ」

——その言葉に、わたしたちは静まりかえってしまった。

「恋をしている、その女の子が……誰だったのか、思い出せない……」

……。

……。

……。

……おい⁉

マジかよ⁉

ここまで注目させておいて……覚えてないとかマジで言ってるの⁉

なんでよ！　そこ一番大事じゃん！

覚えててよ！　ていうか忘れてても思い出してよ！

思わず摑みかかりそうになった。矢野に駆け寄って肩摑んでガクガク揺すりたい……！

でもダメだ！　今そういう空気じゃないのよ須藤伊津佳！

矢野もめちゃくちゃ凹んでるし！　みんなも神妙な顔してるし！

でも……ううう！　いやちょっと！　もどかしすぎでしょなんとかしてよ！

もしかしたら、それが全てのキーになるかもしれないのに！

……そうだ！

ちょっと矢野！　今からもう一回同じ夢見るために寝まくるなり、催眠術とか受けるなりして思い出そう！

それでもダメなら、んー……じゃあ頭はたきまくるか⁉　ハリセンとかで、思い出すまで無限に叩き続けるか……⁉

「……ほんとごめん」

気付けば矢野は、再びクレーム対応モードを強めつつある。

「思い出せば、色々わかるはずなのにな……肝心なときに、申し訳ない」

いやまあしゃあないけど！　でもそう思ってるならなんとか思い出してくれ！

なんなら今からでも、わたしと一緒に催眠術師探すか⁉　検索すれば今から会ってくれる人、一人くらいいるでしょ！

——なんて思うけれど。

あわや、マジでその提案を口にしそうになったタイミングで——、

「……そんなにくよくよしないでよ！」

誰よりも先に。誰よりも優しい声で。

彼女が——春珂が、矢野にそんな言葉をかけた。

「忘れても仕方ないよ、夢なんだもん。それに、その夢が本当に意味があるのかも、よくわからないんでしょ？」

「……まあ、それはそうだけど……」

「じゃあ、しょうがない！」

はっきりした声で、明るい笑みで春珂は言い切った。

「ていうかいつまで暗い顔してるの！　前の矢野くんも、さすがにそこまで落ち込みがちじゃなかったよ！　夢見たくらいでさ。だからもうちょっと、元気にしててよ！」

「……そっか」

そこで、矢野の顔に久しぶりに笑みが灯った。

「そっか、ありがとう……。うん、ここで凹んでもどうにもならないもんな。ありがと、春珂。もうちょいしゃきっとするよ」

「いえいえー、どういたしまして！」

……。

……。

……え、すご。

この状況でそれ言える春珂、すご……。というか、矢野の扱いうま……。

なんなの？　熟練のカウンセラーかなんかなの……？

ていうかわたしなんて、内心キレ散らかしてたんだけど……。無理にでも思い出せや、くらいに思ってたんだけど……。もしかして、わたしの心、狭すぎ……？

——そんなことを頭の表面で考えつつ。

けれど同時にわたしは、内心マジで感動もしている。

春珂……強い子だな、と思う。強いし、優しいし、ほんとに良い子だ。

多分、誰よりもその夢が気になるだろうに。その中で、矢野が誰に恋をしていたか気になるだろうに。こんなに気丈に振る舞って……。

……ああもう、できることなら抱きしめたい。

というか、矢野じゃなくてわたしが春珂を幸せにしたい。もうこのままプロポーズしてしまいたいくらいだ……。春珂、結婚しようマジで……。

「……ということで」

ふっと一度息を吐き出して。春珂が、全員の方を向きまとめるように言う。

「なんとなく……これでわかった気がしない？　矢野くんが、どうしてこうなったか……」

「……うん、だね」

こくりとうなずいてみせる修司。矢野も、それに続くようにして神妙な表情で、

「そうだね、そういうことになると思う……」

——部屋に流れる、ちょっとした『解決』の空気。

少なくとも、何か前進の気配を感じているっぽい春珂、修司、矢野。

けれど、

「……え、どういうこと……？」

わたしは……全然わかんなかった。

え、何？　何がみんなわかったの？

なんでこれで、矢野がこうなった理由がわかったの？

なんか……わたしだけ置いてけぼり？

寂しさにきょとんとするわたしに、春珂はどこか幸福そうな。うれしそうな笑みを浮かべ、

「矢野くんの中で――答えが出たんじゃないかな」

はっきりと、そう言い切った。

「わたしと秋玻、どっちが好きなのか。その答えが出たんじゃないかな？」

「……あ、ああ。なるほど」

確かに……言われてみればそうなのかもしれない。

恋をする夢を見て、自分を見失った。それはつまり――秋玻と春珂、両方を等しく大切にする、という約束が終わった、ということで。

誰に恋をしているのか理解した、ということで——、困ったことも起きてるけど。

「うん……だからね。確かに、その相手が誰かはまだわからないけど——」

春珂は——その顔に、間違いのない喜びの色を浮かべ。

うれしい報告でもするように、わたしたちに言ったのだった——。

「——これは、全員にとっての大きな進展なのかもしれない」

——なんてことがあり。

そんなこんなで振り返りが終わり。こうしてみんなで、矢野を送っている今。

もう少しで、矢野の家が見えてくる、というところまでやって来た。

気付けば、全員が無言でとぼとぼ歩いている。あからさまに漂っている、疲れ切っちゃった空気感……。

……まあ、今日一日でずいぶんと頭使ったからなあ。

一年を振り返ったことで、もうなんか……青春漫画の一年分を一気に読んだような気分だ……。脳みそ破裂しそう……。わたしもここらで、そろそろ限界だ。

「というわけでー、まあ、なんかあったらもちろん力になるから」

矢野宅前に到着し、わたしは秋玻と春珂、矢野にそう言う。

「バイトない日ならいくらでも付き合うし、声かけてよ……」

「俺も同じく。だから、遠慮しないで何かあったら教えて」

「うん……ありがとう」

秋玻はそう言って、まぶしげにわたしと修司を見る。

「すごく助かるよ。何かあったら、また連絡させてもらうね……」

なんとなく、心強いと思った。

いや、秋玻だけじゃなくて、春珂も、そして矢野さえもそうだ。

一年前の三人だったら、きっともっと混乱していただろうと思う。

苦しんで、悩んで、上手く前に進む道も見つけられなかったかもしれない。

けれど——今は、何かが違う気がした。

今日一日話してみて、そう思えた。

確かに、今も混乱はしちゃうだろう。悩まないわけにはいかないだろうし、実際矢野はめちゃくちゃ凹んでた。

それでも——前に進めるだろうと思った。

今の三人なら、きっと答えに向かって進んでいけるんじゃないかと思う。

——と、そこで、わたしはふいに思い出す。

そうだ——一個だけ、まだ言っていないことがあった。

映像と、矢野を見比べていて感じたこと。

ずっとかすかに感じていた、わたしの中の素直な感想。

「……あのーそうだ」

一応、二人にも伝えておこうと思う。

もしかしたら、それが秋玻春珂にとって、何かヒントになるかもしれない。

「実はね――」

そう前置きして、わたしはちょっと頭の中で言葉を選んでから、

「実は――矢野がこうやってころころ性格変わるの、わたしはそんなに違和感がないの」

「……違和感が、ない？」

「うん」

怪訝そうに首をかしげる秋玻に、わたしはうなずいてみせる。

「今朝のさ、強引な矢野も、恐縮しすぎな矢野も、今のちょっと気楽な矢野も……そんなにこう、変だとは思えないんだよね。いやまあ、笑ったしさ。思わず突っ込みもしちゃうんだけど……」

――なぜか、矢野はそれが自然な気がした。

それが例えば、何か演技をしたり精神的な不調を抱えたり、そんな状況にある証拠だとは、思えなかった。

上手く言えないのだけど、どう言えば正確なのかわからないけど……。

これはこれで、『矢野』なんじゃないの……？　……みたいな。

そしてさらに、

「……俺もなんだ」

隣の修司まで、そんなことを言い始める。

「俺も実は、今の矢野、そこまで不自然に思わないんだ……」

秋玻の目が、一層大きく、丸くなった――。

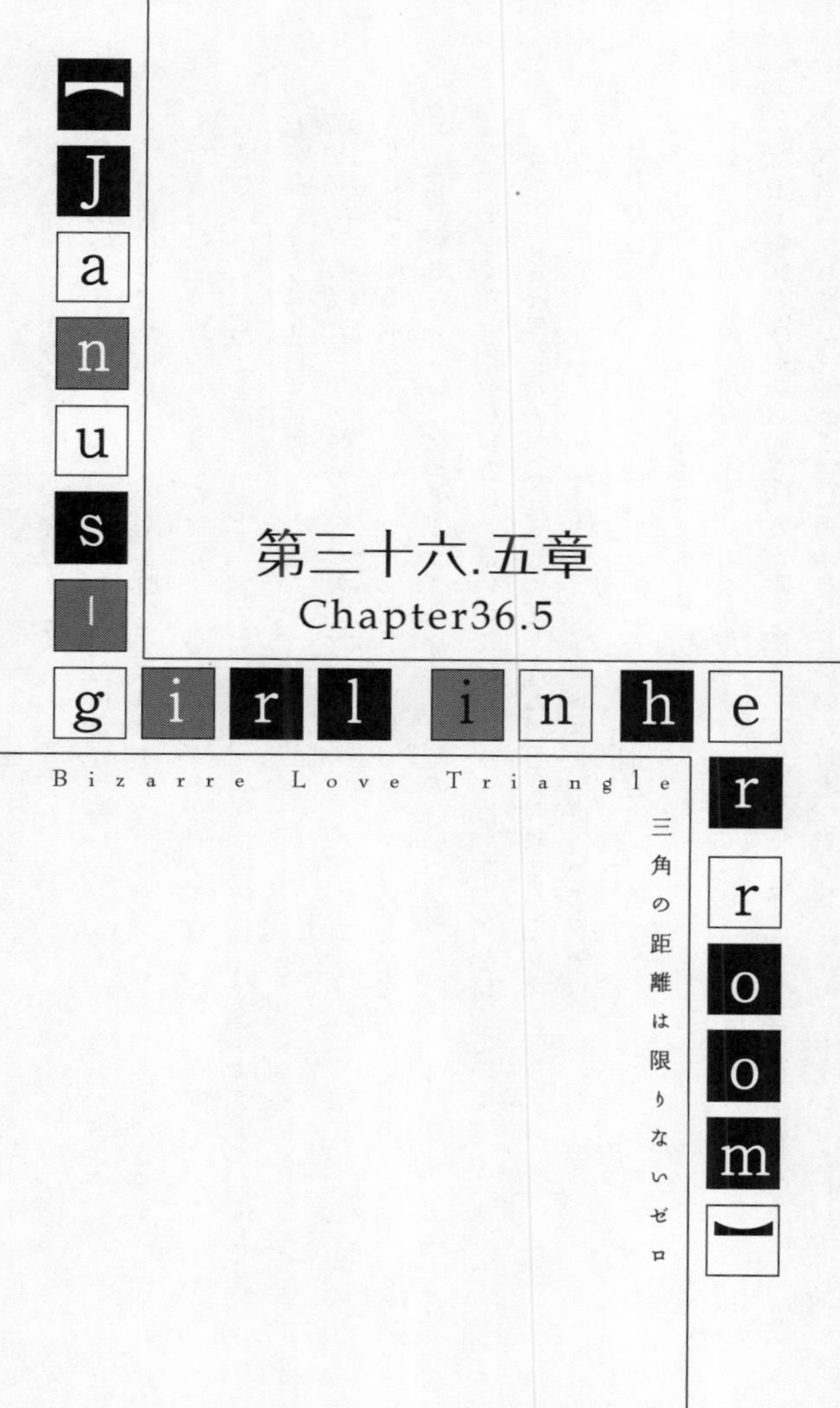

第三十六.五章
Chapter36.5

——お風呂上がり、手早く髪を乾かして。

最低限のスキンケアをして、わたしは自分の部屋へ急いだ。

いつもだったら、もっとしっかり肌の手入れをするのだけど、こうやって手抜きをするとあとで春珂に叱られてしまうのだけど……今日ばっかりは仕方がない。

早く修司くんの家でわかったことをまとめたかった。何かを忘れてしまう前に、取りこぼしのないように全部を記録しておきたい。

「——お、秋玻！　もう部屋行くのか？」

リビングのそばを歩いていると、お父さんに見つかってそんな声をかけられる。

廊下を塞ぐようにして立っている、高身長で恰幅のいいお父さん。

なんとなく、その有様は弁慶っぽいのだけど、手には紅茶の缶を持っていて、

「今、実春さんにお茶入れようと思ってたんだけど、秋玻も飲むか？」

「あ、ううん。大丈夫……お昼飲んでたペットボトルが残ってるから」

それだけ言って、笑顔を返してから自室の扉を開けた。

「でもありがと、また今度もらうね……」

「そっか。何かあったら、すぐに言うんだぞ！」

背中でお父さんのからっと明るい声を聞き、「はーい」と返して後ろ手に扉を閉める。

本当は、もうちょっと丁寧に返事をしたいのだけど、軽く雑談くらいしていきたいけど、何

分わたしは急いでいるのだ。素っ気なくてごめんね、お父さん……。

元々心配性で過干渉気味だったお父さんは、最近一層わたしたちの様子に気をかけるようになった。

理由ははっきりしている。入れ替わり時間が短いことだ。

わたしたちの二重人格がまもなく終わりを迎える。そのことを、彼なりのさりげなさを装いつつ心配してくれているのだ。

元々、北海道でのわたしの主治医とお父さんは友人同士だった。同じ大学出身で、年齢も近いこともあり、戦友みたいな感覚の間柄だったらしい。

当時はもちろん今もわたしたちの病状は把握しているだろうし、いつ何が起きるかわからないことも当然理解しているんだろう。だから、あんな風にリラックスした顔を見せつつ、常にわたしたちの様子には目をこらしてくれている……。

……年頃の娘としては、それをうっとうしく思うこともある。もうちょっと放任して欲しくもある。

けれど同時に、心配してもらえるのは素直にうれしくて。心からの気遣いを肌で感じられるのはとてもありがたくて——ああ、お父さんがああいうお父さんでよかったと、そんな風にも思うのだった。

「……ふう」

考えながら、勉強机の前に腰掛ける。

開いたノートには、お風呂に入る前まで書いていた今日のまとめがある。ペンを手に取ると、その続きを書き込んでいく。

大まかに、現状をまとめるとこうだ。

・矢野くんは、キャラ作りが嫌な気持ちと、それを楽しむ気持ちの間で混乱してしまった。
・秋玻、春珂を等しく大事にすることで、その混乱を収めた。
・クラス会の夜に見た夢をきっかけに、どちらが好きなのか内心で理解した。
・結果、自分を見失ってしまった。

うん、こういうことだろう。仮説でしかないけれど、大外しもしていないと思う。

わたしと矢野くんの関係は、今こんな状況にある――。

――わたしは小さく、感慨を覚えていることに気が付く。

『どちらが好きなのか内心で理解した』

目に入るその文字。まだ、それがどちらなのかはわからない。春珂なのかもしれないしわたしかもしれないし、そもそも矢野くん自身思い出せないでいる。

けれど……ようやく、答えが手の届く場所に現れた。

二重人格が終わるまでに、それを告げてもらえるかもしれない――。

……はっきりと、感じることがあった。

状況をまとめて、間違いなく実感した一つの事実。

――わたしたちは前に進んでいる。

表面的には問題だらけだけど、これまで散々悩んで、本当に答えに近づけているのか疑問に思ったりもしたけれど。

わたしたちは……間違っていなかった。確実に答えに向かって進むことができている――。

……素直に、それがうれしかった。

わたしたちの毎日が、一つの形で報われたような気分だった。

春珂もそれは同じらしく、彼女が残していたメモやメッセージにもうれしさや安心感が滲んでいるように見えた。

「……ふぅ……」

ペットボトルに残ったお茶を飲みきり、深く息を吐く。

……とはいえ、ここからどうするか。

現実的には、わからないことだらけだ。

どちらが好きなのかは見えないまま。矢野くんが、自分をどんな人間なのかも思い出せていない。さらに言えば……伊津佳ちゃんと、修司くんに言われたのだ。今の矢野くんにも、違和感を覚えないと。嘘をついているわけではないと思う、と。

――本心であると思う、と。

……本心、ってなんなのだろう。

ふと、それが気になった。

辞書で引くと、「本当の気持ち。建前ではない考え――」など、なんとなくのイメージ通りの意味が記されている。

全てが『本当の気持ち』なんてことがあるのだろうか。

くるくると性格が変化していく矢野くん。今だけではない。作るのが嫌だったりそれに楽しみを感じたり、矢野くんの気持ちは変わり続けている。

――その全てが。

変わっていった彼の気持ちの全てが、今も彼の中に本心としてあり続けている、なんて、そんなことがありえるのだろうか。

「……んん……」

うなりながら――ふと、わたしは思う。本題とは、少し外れたことを。

今日の話とは、ノートのまとめとはちょっとずれた、わたし自身のことを。

春珂と少し、話してみたいと思った。

思えば、わたしは最近そのことについて、きちんと考えをめぐらせることができていない。

久しぶりに、考えてみようと思った——。

＊

——二重人格って、なんなんだろう。

ノートに、秋玻の字でそう書き込まれていた。

今日のまとめがざざっと並べられたあと。何の前触れもなく唐突に、わたしあてにそんなメッセージが記されている。

そのあとも、文章は続いていた。

——久しぶりに、それを考えてみたいと思ったの。

小学生の頃、追い詰められたわたしの中に、春珂が生まれた。

それからくるくる入れ替わる毎日が始まって、一緒に大きくなってきた。

一時期は、あくまで副人格みたいな扱いだったし、春珂自身も自分が消えるべきだと思ってきたけれど、今はもうそうじゃない。

一人の人として受け入れられて、春珂は生きている。

二重人格が終わったあと、どうなるかもわからない。

だとしたら。

ねえ、秋玻って、春珂ってなんなんだろうね。

本当に、わたしの中に春珂が生まれたのかな？　それまで、春珂ってどこにもいなかったのかな？　もしもそうじゃないとしたら、一体どこにいたんだろう。

そんなことを、思ったの——。

……なるほどね。

確かに、最近ちょっとそのことについて考えられてなかったかも。

それに、秋玻の言う通りだ。

わたしが生まれた頃には当たり前だったこと。西荻窪に越してくるくらいまで、当然の前提として受け入れていたこと。

一年が経って、そういうのもずいぶん変わってきたように思う。

わたしも秋玻と、その話をしてみたい。

——確かに、わたしたちってなんなんだろうね。。。。

そんな風に、わたしも書き出した。

——一人の身体（からだ）の中に二人がいる。。。

性格も考えも、能力も全然違うわたしたちが入ってる。。。。。

これって、確かにおかしいことのはずだし、わたしたち以外にそんな人見たことないけど。。。。なんでだろう、本当のことを言うとね。。。

実はわたし、もうこの状況をおかしいって思わないの。。。。。。

確かに、高校に入ったばっかりのときはよくないと思ってた。。。

早く消えるべきなのに、とも思ってた。。。。

なのに、なんだろう。今はむしろ、これが自然なことな気がするの。。。。

水瀬（みなせ）××の身体（からだ）には、秋玻（あきは）と春珂（はるか）、両方がいるのが自然、というか。。。。

それにね、秋玻（あきは）の中に生まれた、っていうのも、今はちょっとわからなくて。。。。。

なんだろ、なんかそんな感じしなくない？　元からいたような気がしない。。。？

そこまで書いて、わたしはわたしの中で秋玻（あきは）が目覚めるのを感じる。

ああ、もう入れ替わりだ。手紙書いてると、あっという間に時間が過ぎちゃうなあ……。

というか、ちょっとこれ、楽しいかもしれない……。

今までは、わたしが秋玻と会話するにはタイムラグを挟まなければいけなかった。

ノートやスマホにメモを残しても、秋玻が読むのは入れ替わったあと。そこからさらにわたしが返事を読むのも入れ替わったあとで、一日にやりとりできる回数も限られていた。

けれど今、こうして文章のやりとりをしていると、ほぼリアルタイムでコミュニケーションしている感覚がある。

まるで、友達とラインしているみたいな……。

そんなうれしさを胸に感じながら、わたしの意識はすっと遠ざかっていく――。

*

――とても、よくわかるわ。

春珂の書き込みをざっと読んでから。

わたしは、高揚気味にそう返事をし始める。

――ちょっとびっくりした、本当にわたしも同じ気持ちなの。

春珂が、元からいたっていうのもそう。確かに、感覚的には「生まれた」だった。

あの日、小学校の屋上で、間違いなく春珂はわたしの中に生まれたって感じた。

でもね、今は違う。

ずっとそばにいてくれたような。当たり前に春珂もそこにいてくれたような感覚がある。

だからね、うん。

やっぱりわたし、受け入れられる気がしてる。

入れ替わりの最後が、どんなものになるとしても。

それが例えば、とても悲劇的な結末であったとしても、それでよかったって思える気がしているの。

むしろ問題は、それまでだね。

そこまでの毎日に、悔いを残さずにいられるか。精一杯、最後まで生きていけるか。

それがとても、大切になるような気がしてる。

*

——うん。。。やっぱり矢野くんの件、頑張ろうね。。。。

入れ替わりの件は、わたしも同じ気持ち。。。。

だからあとは、わたしたちの矢野くんのことだけ。。。。。

それでね、なんだろう……矢野くんがこうなってることと、わたしたちの関係って、つながってると思うから。そこには、関係があると思うから……。


そこまで書きながら、きっとそのことには秋玻も気が付いているだろうと思う。

多分、今矢野くんが抱えている問題の向こうには——もっと根本的に。

もしかしたら、恋なんて関係なくわたしたちの全てに関わるような形で、つながりがある。

そんな予感が、確信があるんだ。


——だから、本当の矢野くんを……

わたしたちの好きな矢野くんを、しっかり見つけていこうね……。

＊

その後も、いくつかやりとりをしてわたしはノートを閉じる。

楽しかった。春珂とほとんどリアルタイムで、会話するようにやりとりするのはとても楽しかった。

彼女が、わたしと同じことを考えているのもうれしかった。

心強さを感じる。あの子も同じ気持ちでいてくれるなら、きっと上手くやれると思った。

多分、わたしに欠けているものを、あの子は持っているのだ。

したたかさ、柔らかさ、余裕やどんな状況でも枯れない明るさ。

だから、わたしはわたしにできることをしよう。きっと、彼女もわたしのことを必要としてくれるはず。

これまでも、そんな風にして生きてきたんだ——。

——そんなタイミングで、スマホが震えた。

見れば、矢野くんからのメッセージ。どうしたのだろう、何かあったのだろうか。

ロックを解除し、ラインを起動した。

そこには——矢野くんからの。修司くんの家にいたときから続く元気な性格の矢野くんからの、とある提案が記されていた。

第三十七章
Chapter37

ハーイ！　わたし、庄司霧香！　御殿山高校一年生！　もうすぐ二年生になるの！

今日はわたし、ある人たちに会いに吉祥寺駅前まで来てるんだ！

昨日急に連絡が来てね。何の前触れもなく「明日会えないか」って。何か、話したいことがあるみたいなんだ～。

どうしたんだろうね？　悩み事？

もしかして……恋愛相談⁉　恋の話をわたしにしたいとか⁉

わかんない……わかんないんだけど。

わたしも、その彼にどうしても主張したいことがあってね……、

「……ふう」

通りを歩きながら、一つ息を吐き出した。

そして——、

人呼び出すときはもうちょい前もって声かけろや！

昨日の今日とか、なめてんのか！

——叫んだ。脳内で。

あのな、わたしもバイトだったり友達との遊びだったり、結構予定入ってるんだわ。いきな

り来いとか迷惑なんだわ。

だいたい、一ヶ月前もこんな感じで呼び出してくれたよな～わざわざ西荻まで。

行ったら行ったで、なんか写真くれって言われた上恋愛相談されたし。一体、わたしを何だと思ってるんだあの人マジで。割と仲いい友達でももっと気遣って誘うだろ普通……。

まあ、今日は暇だったから来てやった。

なんか様子もおかしかったし、多分あの人のことだから色々めんどくせー感じになってるんだろう。そんな彼を笑ってやるのも悪くない。

だからせいぜい、春先の一笑いのネタになってくれることを期待しよう。

わたしまで面倒に巻き込まれないといいな～。

「……おし」

――ということで。

一通り文句を（脳内で）叫んだところで、待ち合わせ予定の駅前広場に到着する。

相変わらず混んでんなあ……。住みたい街ランキング常連のこの街だけど、生まれてこの方ここにいるわたしとしてはよく理由がわかんないんだよなー。

お洒落、といえばお洒落だけど表参道とか青山ほどではないし、便利と言えば便利だけど、多分八王子とか立川のが便利だし、いけてる若者もいれば生活感のあるファミリー層もいれば、人生に疲れたっぽい高齢者層もいる。

どこもこんなもんでしょ。なんなら、同じ総武線沿いの高円寺とかのが特徴ある気がする。

なんかみんな、雰囲気で吉祥寺に住みたいって言ってねえ？

ランキング上位だから、って理由でさらにランキング上がってねえ？

わたしなんか、そういうのあんま好きじゃねえんだよな。褒めるにしろ貶すにしろ、実質見てからにしてもらいてえわ。

「——霧香ー！」

ふいに、辺りにそんな声が響いた。

駅前広場に響き渡りそうな、明るい大声——。

知っている声だ。けれど——耳を疑った。

わたしの知る限り、その声の主がこんな大声を出すはずがない。

え、何これ？　幻聴？　空耳？

けれど、もう一度、

「おーい霧香ー！　こっちこっちー！」

弾かれたように、そちらを見た。

そこには——信じがたい光景が。

少年のように満面の笑みを浮かべ、ダッシュで駆け寄ってくる矢野先輩と——。

その後ろを、困ったようについてくる水瀬先輩の姿があった——。

＊

「——ほ～ん、なるほどねー」

三人で、そばにあったチェーンのカフェに入り。

これまでの経緯を底抜けに明るい矢野先輩に教えてもらって、わたしはようやく理解した。

「だからさ、もう全然、どうすれば元に戻れるかわかんなくて！」

クラスのバカな男子が、「テスト全然わからんかったわ！」って言うようなテンションで、矢野先輩は言う。

「だから、今の知り合いの中でも、一番昔の僕を知ってる霧香に相談してみようかなーって！」

——その顔立ちは、うん。やっぱりわたしの知ってる矢野先輩のままだ。

女の子じみて整った顔と、きめ細かい肌。腹が立つほど綺麗な髪。

身体は華奢で全体的に色も白い。

なのに——テンションが違う。

んー。矢野先輩はこんな、防御力ゼロのマヌケな明るさなんて、見せたことなかった気がするんだよな～。

ちなみに、隣にいる水瀬先輩はこれまで通りだ。今出てきているのは――……秋玻先輩だな。心配そうに矢野先輩を見る顔は物憂げで、顔立ちは女優さんみたいに綺麗で、相変わらずビビるほど良い身体してる。脱がして～。この人とエロいことして～。

まあともかく。

ここまでの説明で一時間以上かかったけど、うん、まあだいたいわかったわ。

矢野先輩の中で、秋玻先輩春珂先輩どっちが好きなのか結論が出たっぽい。けれど、それをきっかけに気持ちの支えがなくなって、自分を見失っちゃった、みたいな？でしかも、高校の友達には「今の矢野も違和感がない」って言われて、どうすればいいんだ！　みたいな。どうすれば人格が安定するんだ！　みたいな。そんでわたしに声かけたっていう。

……ふうん。なるほどねえ。

そういう感じか。

はぁ～～……。

……相変わらずだなあ。

相変わらず、マジで思春期みたいなことで悩んでんなあ……。

もはや怒りも不満も吹き飛んだわ。そこまでアホみたいに若者っぽさ発揮されると……。

いやまあ、実際若者なんだけどね。けどここまで真正面からそれやられると、こっちもなんかもう恥ずかしいんだわ……。両手で顔覆っちゃいたい。やらないけどさ～。メイク崩れそうだし。

んで、相談についてだ。

んーなんというかね。

まず、矢野先輩と水瀬先輩が、わたしに相談してきたのはわかる。

確かに、わたしと矢野先輩は二年以上前からの知り合いだ。古めの付き合いだし多分内面含めてまあまあ理解してるし、色々過去のこと含めて話すことは、実際できるのよな。

でもなあ、どうするかね～。

なんか、根本的な考え方が違う気がする。

そもそも、わたしは矢野先輩に「もっとキャラを作れ」と主張していたんだ。

ありのままでいいとか素の自分でいいとか、そんな考えは自分を甘やかしているだけだ。強くなれ、戦え、その手法としてのキャラだ。そう思っているし——逆に言えば。ありのままとか素とかそういう生き方をしていれば、そりゃこうなったりもするだろうなと思う。

そう、当然だ。

自己を定義することを拒否すれば、こうなるに決まっている——。

それに何より、

「……三人は、どうしたいんですか～？」

まずはそこを、わたしは確認することにした。

「さっき矢野先輩、どうすれば元に戻れるか、って言ってましたけど、こうなる前の矢野先輩の感じに戻したい、って感じですか～？」

「ああうん、僕はそう！」

スポーツものの少年漫画の主人公みたいに、矢野先輩は言う。

「色々考えることはあるけど、まずはそこからかなって。だから、一旦は前の感じを思い出すことが目的だな！」

「わたしも、同じかな……」

隣で、秋玻先輩も紅茶を一口飲んで言う。かわいい。

「確かに、気になることは色々あるけど、このままでいるわけにはやっぱりいかないし……まずはそこを、目標にするのは変わらないかなって」

「なるほどね～」

ふん、まあこの人らはそう言うだろう。

矢野先輩が秋玻先輩、春珂先輩どっちが好きなのか。どうしてこんな風に変わってしまったのか。さらに言えば——秋玻先輩と春珂先輩の入れ替わりも、前よりずいぶん早くなっている。これも多分、まあまあなんかまずい感じなんだろう、知らんけど。

これだけ問題が山積みになって、そしたらまずは状況を落ち着かせる意味でも矢野先輩を元に戻そう、って発想になるのはわかる。

ただね～うん。

それもね～、実はまあまあ、むずい話な気がするんだよな～。

や、むずいというか、そもそも不可能っていうかな～。

だって……うん……、
ずずっとアイスコーヒーを飲みほすと、テーブルの向かいに腰掛けた二人の顔を覗き込み、

「ん～、じゃあお二人は～」

「前の矢野先輩って、どんな人だったと思います～？」

「……どんな人？」

「秋玻先輩から見た、以前の矢野先輩。本物の矢野先輩って、どんな感じの人でした～？」

怪訝そうな秋玻先輩。

けれど、彼女は短く考えてから、

「えっと……そうね、まず繊細で優しい、っていうのがあるかな。とても細やかにわたしたちのことを考えてくれるし、感性が鋭いところもあると思うし。あとは、うん、優しい。わたしと春珂にすごく優しくしてくれる……」

「ふんふん、なるほど～」

「あとは真面目で、どっちかというと理知的なタイプかなと思う。根性論とか精神論とかには

ほど遠い感じ。あとは小説が好きで、物静かで、うん……文学少年、みたいな……」

「おっけーっす。あざます。矢野先輩はどう？　自分どんな人だったと思います？　いや、それがわかんなくなってるんだと思いますけど、それでも今考えてみてどうですか？」

「あーどうかなー！　ていうか、自分でそれ言うの恥ずかしいな！」

へへっ！　とか言いそうな顔で、矢野先輩は頬をかいている。

なんだそれムカつく顔だな。

「けど、んー。確かに、秋玻の言う感じだと思う！　真面目で、繊細で、みたいな？　だからあー、やっぱ、今の僕の感じは違うのかもしれんなあ」

「ふんふん、おっけーっす」

……うん、やっぱりだな。

この段階でもう、大きなずれが発生している。

そこをまずは、理解してもらわないといけない。

そう前置きして、わたしはちょっと考えてから。

「あのですね～」

「わたしは、矢野先輩がそういう感じだと思ったことは、一回もなかったです」

「……へ？」

「出会ってから一度も、繊細だとか思ったことないです」

秋玻先輩が、ストローから口を離した。

完全に、ふいを突かれた顔。誰もが矢野先輩を同じように受け止めていると、疑ってもいなかった顔。

「逆張りとか比喩とかじゃないですよ？」

そんな彼女に、わたしは言葉を続ける。

「マジでわたし、矢野先輩の内面から繊細さを感じたことはないです」

「じゃ、じゃあ……」

探るように、秋玻先輩はわたしの顔を覗き込み、

「霧香ちゃんには、矢野くんがどう見えてるの？」

……そんなの、決まっているじゃないか。

この状況も、これまでのわたしに対する態度も。それをまとめれば、表現は一つしかありえない。

「わたしはー身勝手なガキだと思ってます」

はっきりと、そう答えた。

「わたしは、矢野先輩は身勝手で強引でがさつで、ちょっと子供っぽい男子だと思ってます」

——ぽかんとしていた。秋玻先輩は、ぽかんとしていた。

えっへへー、その顔はその顔でかわいいっすね！

ちなみにその隣で、矢野先輩はじっとこちらを見ている。

まるで、何か情報をインストールでもしているように。わたしの言葉を、自分の血の中に溶け込ませるように真剣な表情。

「み、身勝手……？」

信じられない、といった声色の秋玻先輩。

「それは、言葉通りの意味……？　わたしには、そんな風には、決して見えなかったんだけど……」

「ああ、まあそりゃそうでしょうね。矢野先輩が、秋玻先輩に身勝手言えるはずないですし。立場的にだったり、関係的にだったり～」

うん、そりゃそうだ。

だって矢野先輩、好きだったんだろうし。しかも秋玻先輩はこの雰囲気で、入れ替わりなんて事情もあって、丁重に扱う以外の選択肢はなかっただろう。

「けど、思い出して欲しいんですけど～」

そう言って、わたしは秋玻先輩ににやりと笑ってみせると、

「……わたし、中学のとき。全然知り合いでもなんでもなかった矢野先輩に、突然話しかけられてるんです。それで、キャラの作り方を教えて欲しい、どんな風に振る舞えばいいのか教えて欲しいって言われてるんです。学校も学年も違って、しかも今まで話したこと一回もなかっ

たのにですよ？」

　実際、当時結構ビビったのだ。

　すげえ食いつき方してくるな、この人と思ったし、それはそれでいいことだと思ってた。というか、そうだったからこの人には色々教えてもいいかなと思ったのもある。お行儀良く来るようなタイプだったら、多分素でシカトしてた。わたし、かわいい人か必死なやつにしか興味ないから。

「切羽詰まってたんでしょうけど、それにしたってなかなか、強引な行動でしょ～？　繊細、とはほど遠いですよね～？」

「……た、確かにそれは」

　と、秋玻先輩はテーブルに視線を落とし、

「わたしの思う、矢野くんの印象とはずいぶん違うけど……。でも、それもかなり前の話でしょう？　そこから、性格が変わったんじゃ……」

「いやいやいや～、全然変わってないですよ！」

　思わず、笑い出してしまった。

　いやだって、マジで変わってないんすよね～！　秋玻先輩、そんなに近くにいてそれがわからないっすか？

「だって、例えば思い出してくださいよ～。文化祭のとき、最後に放送ジャックして、爆音で宣伝したでしょ～？　確かに追い詰められてましたけど、ああいう発想って、結構ゴリ押しタイプの人じゃないと出ないと思います。少なくとも、本気の繊細さんには難しくないですか～？」

「……それは、そうかもしれない」

だって、わたしだってまあまあビビったのだ。

あそこまで派手にやるとは思わなかったし、相変わらず強引だなと陰で爆笑してしまった。

あれが思い付くのは、もはや一種の才能だ。なんとなく、なんてありえない。

「それから、そのあと。あー、秋玻先輩も知ってるでしょ、先月くらいにもわたし、相談あるって西荻に呼び出されたんです。ほら、あの、先輩たち映像作ってたじゃないですか、その相談のために。あといくつか個人的な話もしましたけど、つまり完全に自分のために、人呼び出したんですよ。そんなこと、秋玻先輩にはしないでしょうけど～相手によってはするんです、矢野先輩。そもそも、今日だってわたし、昨日の今日で呼び出されたわけでね～」

そこまで言って、わたしは矢野先輩の姿に目をやる。

私服を着て、こっちをじっと見ている矢野先輩。けれどそこにも「がさつさ」の陰は確かに見て取れる。

それも、困惑気味の秋玻先輩にかぶせて話してみよう。

「……知ってます？　矢野先輩、ものもち悪いんですよ」

「そ、そうなの……？」

案の定、秋玻先輩は意外そうに目を丸くする。

「ええ、中学のときにはすぐに校内履き壊しちゃうし、ジャージにも穴が空くって言ってました。文化祭のときも、確かに準備中着てたジャージ大分ボロくなってましたし、ほら、今もスニーカー。底がすり減ってるでしょ？　結構汚れてるし。矢野先輩、これ何年くらいはいてます～？」

「……あ、えっと、そうだな」

矢野先輩は、短く考える顔になり、

「そんな、何年もは履いてないよ。三ヶ月くらい……」

「ですよね？　三ヶ月でこれは、なかなかのくたびれ具合です。学校はローファーで行ってるだろうに。運動するタイプとかでもないだろうに」

「そうね……それは、確かにそうなのかも……」

「ちなみにどうです？　矢野先輩、ものもち悪いって自覚ありました？」

「……ああ。うん、それは、あった」

子供みたいに、矢野先輩はこくりとうなずく。

「高校でも、どんどん持ち物壊れるし……なんか、そういうの恥ずかしいなって思ってた。友達にも、生き方が雑なんじゃない？　なんて言われたりして……そうなのかなって」

「あー、わたしもそのお友達と同意見です！」

うん、やるじゃんその友達。そこに気付くとはなかなかの観察眼だ。

そして、もう一度わたしは秋玻先輩の方を向き、

「ただただ繊細で真面目な人が、ここまでものを適当に扱いますか～？」

彼女に、そう尋ねた。

「ねえ、秋玻先輩。本当に、矢野先輩は秋玻先輩の思うような人なんですかね～？」

……黙り込む秋玻先輩。

うん、揺らいでるんだろうなと思う。

少なくとも今、秋玻先輩の中で矢野先輩像は揺らいでいる。

ここで、わたしは時計をちらっと確認した。うん、ナイスタイミングですね～！

わたしの計算が確かなら、ここでもう一つ駄目押しができるはず！

「……ご、ごめんなさい」

予想通り、秋玻先輩が申し訳なさそうな声を上げた。

「ここでちょっと、春珂に切り替わるわね。続きはそのあとで……」

「はいはーい。ではまた～」

うつむく秋玻先輩。短く間を空けて、彼女は春珂先輩になって顔を上げる。

そしてわたしは、

「……ねえ、春珂せんぱ～い！」

「え、ん、なに？」

「ちょっと、教えて欲しいことがあるんですけど～」

と、あるお願いを持ちかけた。

＊

「――本当、に……？」

そしてまた、二十分近くが経ち秋玻先輩に切り替わったあと。

秋玻先輩は、手の中にあるスマホのメモ帳を見て――そんな声を漏らしていた。

「春珂には……矢野くんは、こういう風に見えていたの……？」

『――春珂先輩から見た矢野先輩の印象を教えてくださ～い！』

『――で、それをスマホに書き込んでおいて欲しいんです！』

わたしは春珂先輩に、そう頼んだのだ。

秋玻先輩の中で、矢野先輩のイメージが揺らぎつつある。

だから最後に――もう、それを見せちゃおうと思ったのだ。

自分の一番身近な女の子、春珂先輩から見た矢野先輩像を、秋玻先輩に見せちゃおうと。

メモ帳には、こんなことが書いてある。

「優しい、真面目、気遣いをしてくれる」

順番に、読み上げてくれる秋玻先輩。

この辺は、うん、秋玻先輩のイメージと同じでしょうね～。

まあそりゃある程度は被るだろう、なんせ身体を共有してるんだから。

「勉強ができる、文学好き、穏やか、どっちかっていうと内向的」

この辺りも多分同様。

秋玻先輩も、同意見に安心したのか柔らかい表情で読み上げていた。

けれど——次の行辺りから、

「話してると楽しい。ツッコんでくれる。笑ってくれる。許してくれる」

秋玻先輩の声に、揺らぎが混じり始めた。

さらに、

「ときどき厳しい……ちょっと意地悪も言う……ちょっと、優柔不断かも。たまーに頼りない……」

その辺に至っては、声に疑問がありありと滲んでいた。

……うん。違いますよね。

秋玻先輩が知っている矢野先輩とは、違う側面ですよね、そういうの。

秋玻先輩が矢野先輩にツッコまれることなんてないだろうし、意地悪を言うこともないだろう。『頼りない』辺りは、春珂先輩の受け取り方もあるんじゃないかな〜？　言うて春珂先輩、結構精神的にタフな印象あるからね。どうしてもそう見えちゃうんだろうね。

そして、

「……確かに」

それまで黙っていた、矢野先輩は言う。

「春珂の前では僕……ちょっと違ったのかも。秋玻の前で見せるのとは、違う態度を見せてたのかもしれない……」

そう、多分その通りなのだ。

秋玻先輩と春珂先輩は性格が全然違う。だとすると、矢野先輩も違う態度で二人に接することになる。そうすると──印象が割れるのだ。

二人の中での『矢野先輩像』に大きな隔たりができる──。

「……なるほど」

秋玻先輩は、ようやく観念した様子で息を吐き出した。

「これは……うん、確かに違うわ。わたしの思う矢野くんは、こういう人ではなかった……」

「でしょー？　しかもこれ、春珂先輩ですよ？　秋玻先輩と、同じ身体を共有してる女の子の意見ですよ〜？」

「そうね。あの、なんだろう……」

口元に手を当て、秋玻先輩は考える顔になってから、

「わたしの中の矢野くん像に、偏りがあったのかも。わたしは、わたしから見える範囲でだけ矢野くんを判断していた。もっともっと、矢野くんには他の顔があったのに……」

「……ん～」

あ～、そういう考えに至ったか～。

でもそれ、わたし的には半分正解で半分間違いかも。確かにそうね、秋玻先輩の見方には秋玻先輩の偏りがあった。

でもまあ、ここでそれを言葉で説明したってどうにもならないだろうな～。これ以上のことは、結局実感しないとわからなかったりすると思う。

「まあ、だいたいそんな感じですね～」

変にそこで深掘りせず、わたしはふわっと秋玻先輩を肯定した。

で、ちょっと考える。次の言葉を放つまでの、一瞬の間でわたしは考える。

こうなっちゃったらもう……なんというか、わたしこの人たちにしばらく付き合うしかないと思うんだよな～。

いやまあ、そこまでする義理ないし、ほっといてもいいんだけど。

でもさすがに、ここまで色々好き勝手言って放置するのも、まずい気がするんだよな～。

ん～……。

めんどくせえな～……。めんどくせ～けど、仕方ないか～。

「ということで、ちょっと提案なんですけど～」

言って、わたしは二人にピンと指を立ててみせ、

「矢野先輩、秋玻先輩、春珂先輩とわたしの四人で～、ちょっくら、矢野先輩の知り合いめぐり、しませんか～？」

「え、し、知り合いめぐり？」

それまで静かだった矢野先輩が、目をぱちくりさせながら聞いてくる。

「そうです。何日かかけて、矢野先輩の知り合いに沢山会って、印象を聞くんですよ～。わたしと一緒に～」

「それは、どういうこと……？　霧香までついてきてくれるの？　どういう、意図で？」

まあ、そうだよね。いきなりこんなこと言ったら驚くよね～。

ちなみに、現状矢野先輩のテンションは、ん～……今のところフラット風かな。ここまで色々話を聞いて、どんな風に振る舞うのがいいのかわからなくなってる感じなのかも。

「意図か～。なんだろ、元に戻すっていうよりは～もう一回一緒に、色んな角度から探っていくのがいいんじゃないかな～と思って。今のところわたしと秋玻先輩、春珂先輩から見た矢野先輩しかわからないわけですけど、本当はもっと色々あるはずですから～。なら、実際に知り

合いに会って、矢野先輩の印象だとか、そう思った原因の言動とかを、幅広く教えてもらうといいんじゃないかな〜と」

うん、まあこういう感じにしていくのがいいと思う。

他の顔とかそういうことじゃない、っていうのを知るには、結局マジでバリエーション揃えられるだけ揃えるのがベストだ。

それも——実際に知り合いに、直接印象を聞くって形で。

「な、なるほど……」

秋玻先輩は、こくこくと神妙にうなずく。

つやつやの髪がそれにあわせて揺れて、割と天使感がある。

けれど、先輩は不安そうに眉を寄せると、

「で、でもいいの……？」

そんな風に、わたしに尋ねてくる。

「確かに、アイデアはすごく良さそうだなって思うの。もうこうなったら、そうやって矢野くんの沢山の一面を、できるだけ知るほかないわよね。それしかない、とも思うよ……」

「でしょでしょ〜？　これ以上考え込んでても、仕方ないですからね〜」

「でも……霧香ちゃんまで、ついてきてもらっちゃっていいの？」

本当に、恐縮している表情だ。

実は来て欲しくないとか邪魔に思ってるとかじゃなく、マジでありがたいけど申し訳ない、って思ってる顔。人がいいなあこの人も。

「いやまあ、実際クソめんどくさいですよ～」

だから、そこは素直にそう言っておく。

わたしの、小さなあがきみたいなものだ。

「ただでさえこんな風に呼び出されてね、しかもこのあと春休みも同行するの、割ともったいないなーって感じある。でも～」

言いながら、秋玻先輩と矢野先輩を見て。

思わずわたしは――笑ってしまう。

狙った笑いじゃない。見せるための笑いじゃない。うっかり漏れた、素の笑いだった。

「さすがに……今のあなた方を、三人だけで行動はさせられないですよ～」

――自分を見失った矢野先輩。

――二十分足らずで入れ替わり続ける秋玻先輩、春珂先輩。

危なっかしすぎでしょ～。

いやもう、頼れそうな人が一人もいないじゃない。そんな集団にふらふら出歩かせるとか、さすがに危険極まりないでしょ。

「……先輩たちの、他のお友達にその辺は任せてもいいんですけどね～。なんかでもそれも、結局わたしいた方が効率よさそうですし。わたしの言い出したことで他の人巻き込んじゃうのも、申し訳ない感じしますしね～」

ぽかんとしている秋玻先輩。

彼女は、しばらく迷うように口元を動かし、そして、まだいまいち呑み込みきれていないような顔で、

「……優しいんだね」

ぽつりと、わたしにそう言った。

「霧香ちゃん、優しいね……」

「えー！　今頃気付いたんですかー！」

思わず、爆笑してしまった。

なんだ、意外とこの人も鈍感なんだな～。

だって、これまでだってあなたに優しくしてたじゃない。文化祭のラストだって、背中押してあげたじゃない。

んも～、そういうの全然気付いてなかったんですか！

だったらなおさら、わたしがついてないといかんな。こんな鈍感ちゃんと矢野先輩二人って、すれ違いの予感しかしないぜ。

「……ありがとう」

結果——どういうテンションでいけばわからなくなっているのだろう。

一切の特徴の感じられないフラットな声で、矢野先輩が言う。

「助かるよ、協力してくれるの。申し訳ないけど、よろしくお願いします」

「わ、わたしからも……よろしくお願いします」

矢野先輩に続いて、秋玻先輩も頭を下げる。その拍子にカットソーの首元が開いてちらっと谷間が見えて、お礼はいいからちょっとだけそれ触らせてもらえねーかなーと思う。

「ほんじゃーまあ」

わたしは鞄からノートを引っ張り出してペンを手に取った。

「話を聞けそうな人を考えてみましょうか。知り合いをできるだけリストアップしていきましょう。それから……」

と、わたしはもう一度、秋玻先輩と矢野先輩の顔を見比べて、

「……初日は、もう少し秋玻先輩と春珂先輩を、深掘りしていこうと思ってます。ので、まずはそれに際して、質問です——」

＊

「——よーし、じゃあ行きますか～」

「おう！　今日天気良くてよかったなー！」

「……よろしくね……」

三者三様だった。

翌日、集合場所の西荻窪駅に着いたわたしたちは、まーびっくりするほどバラバラのテンションだった。

まず、いつも通りのわたし。普通ですね～。

こういう特にイラつくこともないときは、これくらい軽めに生きるのが一番高コスパです。

そして、なんかテンション高い矢野先輩。

多分、昨日の帰りに春珂先輩辺りに「元気出してね」とかそういう感じのことを言われたんだろう。若干ウザいけども、まあこのあとまた何かのきっかけで凹んだりするでしょ。放置。

適当にやってこうぜ～。

そして――春珂先輩。

「あれ～こっちの道であってましたっけ？　久しぶりだから覚えてないやー」

「おう、合ってる合ってる！　ていうか普通に真っ直ぐだよ悩むことないだろ！」

軽い調子で言い合うわたしと矢野先輩の横で、

「…………」

春珂先輩は不満そうに口をとがらせていた。

……ん～、警戒されてますね～。

昨日もそうだったけど、明らかにわたし、警戒されてますね～。

まあ、理由はわかるのだ。

わたしたちが出会って、行動を共にした去年の文化祭。その間中、わたしは矢野先輩にずーっとキツく当たっていた。春珂先輩はそれに憤慨していたし、直接文句を言われたりもした。

多分、それをが尾を引いてるんだろう。

もちろん、秋玻先輩とも最初は険悪だったのだ。けど、その後なんかちょっと雪解けの雰囲気があった。ステージで一緒に歌わせてもらったしね～。

それでも、思い出せる限り……春珂先輩とは仲直りのきっかけがなかったわけで。まあ、そりゃこんな感じにもなるか～。

……でも、ここからずっとこの感じもめんどくさいな。

「──ねーねー春珂せんぱーい」

わたしは彼女の隣に立ち、ぽんっと肩で彼女に軽くぶつかってみる。

「もういい加減、仲良くしましょうよ～。ほら、今はこうして、お二人の役に立とうとしてるんですから～」

「……本当かなあ……」

けれど、春珂先輩はつれない表情のままだ。

「わたしまだ、霧香ちゃんのこと信用してないから……。これから、ちゃんと見極めさせてもらいますから……」

「え～こわーい！」

心にもないことを言いつつ、おやっとわたしは思う。

なんか、秋玻先輩に比べていまいち距離感が摑めずにいたけど。なんとなく、春珂先輩との関係性の楽しみ方を見つけられずにいたけど。

なんか……この感じ……良いぞ。ちょっとこう、ぐっとくるぞ……。

秋玻先輩には純粋にエロいことしたいけど……この人にはこれがむしろいいかもしれない。

塩対応されるというか、邪険に扱われるというか……。

「怖いのはこっちだよ……今日だってわたし、いまいち何が目的かわかんないし……」

「え～！　でも必要なことですから！　一緒に頑張っていきましょう！」

「ちょ、ち、近寄らないで……！」

お、おお。なんか、興奮するぞ！　この反応、興奮する！

よし、春珂先輩しばらくこの感じでお願いします！　わたしを邪険に扱ってください！

なんてやりあっているうちに、

「お！　見えてきたぞー！」

新幹線で富士山が見えたときみたいなテンションで、矢野先輩が言う。

彼の言う通り——視線の先には宮前高校の校舎が。
今日の目的地である、矢野先輩と水瀬先輩の通う学校があった。

＊

「——庄司さんは、来校者名簿に記入をお願いね」

職員玄関にて。

鍵を開けわたしたちを迎え入れてくれた先生が、なんだか気の抜けた笑顔でそう言う。

長期休みの時期の先生って、なんか普段よりもリラックスした感じに見えるよね～。

プライベート感あるというか。素っぽいというか。いや、わたしこの人の普段の感じ知らないんだけどさ～。

「一応、名目上は文化祭関連の残りの作業、ってことになっているから。来校理由は、そう書いてもらえると助かるわ」

「やーお休みの日にすいません！　千代田先生！」

無駄に校内に響くデカい声で、矢野先輩がその先生に言う。

「助かりましたよー！　中は入れないと思ってたんで、良い感じに融通してもらえて！」

「……まあ、矢野くんがそんな感じになっちゃってるとね」

千代田先生、と呼ばれた彼女が苦笑する。

「さすがにこっちも、無下にはできないわ……」

その表情で、色々察した。

んーなるほどー。この人、色々理解してる感じか〜。

矢野先輩が先生に話すって言い出したときにはどうだろうって思ってたけど。そんなん、言ってみたところでどうにもならんだろうって思ってたけど、この雰囲気なら理解できた。

多分これ、水瀬先輩のことも知ってる感じだな〜。

でも考えてみりゃ当然か、教師陣もそりゃ把握してるか。色々わかってないと、対処できないもんね。なんなら、病院側と直でやりとりしてるレベルかもしれん。

……しかし、この人もエラい美人だな。年齢的には、二十代中盤くらいから後半くらい？　背が低くて一見子供っぽくも見えそうだけど、顔立ちとか身のこなしが大人びていて、不思議なギャップがある。というか、なんか色っぽい。なんかエロい。は〜矢野先輩は美人に囲まれてて良いご身分ですね〜。今ここにいる女子、全員クッソかわいいじゃん。わたしを筆頭として。

「ということで〜」

千代田先生が職員室に戻っていったところで。

わたしは矢野先輩、春珂先輩の方を振り返る。

「昨日も話した通り――今日はここで、どんな風に秋玻先輩、春珂先輩の中の『矢野先輩像』が生まれたのかを確認したいと思います～」

「……うん……」

「おう、よろしくな！」

ん～相変わらずすごい温度差！　風邪引いちゃいそう！

でも霧香、耐えるのよ！　説明を続けなきゃ！

「秋玻先輩、春珂先輩が、矢野先輩にそれぞれ抱いた印象。それが、どのタイミングでどんな風に生まれたかを探っていこう、ということですね。具体的にどこでどんな言動があって、そう思うようになったか、といいますか～」

――二人の間には、矢野先輩に対する印象に差があった。

ひたすら真面目で繊細な文学少年と感じていた秋玻先輩と、そこに少しの明るさ、そして同時に脆さも感じていた春珂先輩。

では、そんな印象がどうして生まれたのか。それを、まずは探りたかった。

そしてそこに――はっきりとした説得力を、感じて欲しかった。

沢山の人の「矢野先輩像」に触れる前に、まずはそれが必要だ。自分だけの感覚を絶対視しないこと。他の人の意見の正当性を知ること。だとしたら、まずは秋玻先輩、春珂先輩、お互いの「矢野先輩像」に、説得力を感じて欲しい。

もちろん、それが一回や二回の会話で生まれたものじゃないことはわかっている。

人の印象なんて日々変わっていくもので、それが積み重なって地層になって初めて、複雑な「人間像」が生まれる。

それでも——きっと多くの場合、全ては「初対面」に集約される。

最初に相手にどんな印象を抱いたか。どんな関係性が築かれたか。

そして実際話を聞く限り、秋玻先輩春珂先輩の感覚の違いも、出会った直後に生まれたような予感がしている。きっとあの差は……それぞれの根本的な存在の違いに根ざしている。

だから——、

「よーしじゃあ、皆さんが最初にお互いに出会った、印象を覚えた場所に参りましょう！」

「おう！　そうなると……二年四組の教室かな！」

「うん、そうだね……」

「それでは、案内お願いしまーす～！」

言い合って、わたしたちは矢野先輩の案内で二年四組の教室へ向けて歩き出した。

＊

「——ここだよ！　ここで俺、最初に秋玻に出会ったんだ！」

途中、春珂先輩から秋玻先輩への入れ替わりを挟んだりしつつ。

わたしたちは、最初の目的地――二人の過ごした教室に到着したのだけど、

「ほら――元、二年四組の教室！」

矢野先輩が、そう言ってうれしげに指差した教室は、ん～……まあ、空の教室ですね～。ごく普通の、公立高校の教室って感じっす～。

や、多分当時はもうちょっと情感があったと思うのだ。掲示が貼られてたり生徒の持ち物が置いてあったりしてねー。けどまあ、今は春休み。掲示とかそういうのも全部剝がされて、プレーンな状態になってるし……何の感情も湧かねえなあ。

というか、自分の通っている学校とは別の学校の校舎って、なんか妙によそよそしい感じしない？　なんか、アウェイにいる感があるんだよね～。

とはいえ、そんな風に思うのはわたしだけみたいで、

「……そう、ここだったわね……」

秋玻先輩は、そう言って切なげに目を細めている。

「ここでわたし、矢野くんに出会って……全部が始まった……」

お～、いいねいいね！　なんかちょっと、気持ち入っちゃってる感じ！

これはリアルに当時のこと思い出してくれそうだぞ～。

ちなみに、矢野先輩は空気を読んだのか一人静かにしてくれている。これはマジでよかった。

こんなタイミングまで大騒ぎされたら、マジで普通に邪魔だったからな。

「どんな感じだったんですー？」

秋玻先輩の感傷を邪魔しないように、やや抑えた声でわたしは尋ねる。

「どんな風に秋玻先輩は矢野先輩に出会って、どんな印象を受けたんですか～？」

「最初はね……始業式の始まる前だったの。朝一番で、教室にも矢野くんしかいなくて、本を、読んでて……」

その当時を思い出すように、秋玻先輩は目を細める。

優しげな顔で、片隅の机を撫でる先輩。もしかしたら、そこが矢野先輩の腰掛けていた席なのかもしれない。

「わたしね……すごく緊張してたの。ずっと北海道にいたのに、急に東京に来て。しかも、春珂がいる状態での、学校生活……。先生に話してはいたけど、ぶっつけ本番で、ずっと施設にいたから学校に通うの自体久しぶりで……上手くやれるかなあって……」

……はあ～。それは確かに気負いますね～。想像してみると、まあまあ来るものがある。

多分同じ状況だったらわたしですら緊張する。大変だったね、秋玻先輩。抱きしめてあげたい……。

と、秋玻先輩はちらりと矢野先輩を見て、

「そこでね、教室に行ったら矢野くんがいて。わたし、びくっとして、声かけられなくて。でも……何か本読んでるみたいだったから、後ろからこっそり覗いたの。何読んでるんだろう、知ってる本かなって。そしたら……『スティル・ライフ』で。わたしの好きな小説で——心臓が、爆発するかと思った。なんか、もう……そう、あのね。大げさだけど。ちょっと……運命みたいなの、感じちゃって……」

言いながら、見れば秋玻先輩は顔を真っ赤にしている。

運命——まあ確かに、そのセリフは一歩間違えばプロポーズっすよ秋玻先輩〜。

大丈夫？　矢野先輩、絶頂しちゃってない？　パンツ汚したりしてない？

「で、思い切って話しかけたら……うん、色々、答えてくれて。キャラ作ってることとか、ちょっとそれに悩んでることとか、大切なことを沢山……。そう、だからね」

と、秋玻先輩はこちらを向き、

「うん。やっぱり、このときの印象が一番強いんだと思う。本を読んでたから、文学少年のイメージになって。そのあとのキャラの話で、繊細な男の子ってイメージになって。うん、それだね……」

納得するように、彼女は深くうなずいた——。

「そのときの印象が——今もわたしの中で、一番強いんだと思うわ」

「なるほど〜」

——答えながら、自分事として想像してみる。

始業式の朝。一人で向かった教室。

そこにいる矢野先輩。彼が読んでいた本と、交わされる会話――。

うん、綺麗な光景だな～。秋玻先輩が、そのときの矢野先輩のイメージを強く引きずり続けるのも理解できた。そりゃ、確かに忘れられないわ～。

「……矢野先輩は～、覚えてます？」

ここで、彼にも一応聞いておこう。本人がどんな気分だったのかも、確認しておきたい。

「このとき、矢野先輩はどういうこと考えてました？」

「ああ、覚えてるよ！」

場にそぐわない元気な声で、矢野先輩が答える。

「やー、本読んでるの見つかったときは、焦ったよ。でも、秋玻も『スティル・ライフ』好きだってわかって、うれしかったなー！　だから、一発目からすげえ印象的で、うん。本心から話せる相手ができて、よかったなって！」

「なるほどなるほど、ありがとうございます～」

――本心。

うん、そうだ。このとき矢野先輩が秋玻先輩に見せていたのは本心だ。だからまず、秋玻先輩の信じている『矢野先輩像』は、決して偽物ではない。

「ざっくりですけど～、秋玻先輩側の経緯はわかった気がしますね～」

「だね、よかった……」

「よし、あとは春珂先輩の方をがっつり掘って、すりあわせをしていきましょう！」

そんな風に言い合いながら――ふとわたしは思う。内心で、ちょっと考えてしまう。

……もしも、わたしもそんな風に矢野先輩と会っていれば。出会いがもっと、別の形であれば。

今もわたしたちは、大切な友人同士でいられただろうか。

距離なんてできることなく、そばにい続けることができただろうか――。

*

「――へえ、なるほどー……」

入れ替わった、春珂先輩。

元二年四組の教室の真ん中で――彼女は、むんずと腕を組みうなっていた。

「そっか、そういうことがあったんだ……」

秋玻先輩と矢野先輩の出会いを、その詳細を、わたしから聞かされた直後だった。

なんだかものすごく……感慨深げですな～。

もちろん、一度は聞いたことのある経緯だったはず。当時は二重人格を隠していたわけだし、秋玻先輩との間で情報は共有されていたと思う。

けれど……うん。それだけじゃない感じ。実際にその場所で、リアルにその場面を想像して、そこに実感とかそういうのを覚えてくれたっぽい。

いいね〜、作戦の効果が表れ始めた感じですね〜！　このまま話を進めていきましょう！

「ちなみに春珂先輩は、どんな出会いでした〜？」

揺らいだままの春珂先輩に、わたしは尋ねる。

「あ、出会いじゃなくてもいいんですけど、最初に矢野先輩の存在を強く意識したというか〜こんな人なんだって、理解した瞬間というか〜」

「……あ、ああ。えっとね……」

我に返ったようになる春珂先輩。

どうやら頭がいっぱいで、わたしへの敵意も一時的に薄れているらしい。

無意識のまま人にキツく当たることができない辺り、この人も本当にお人好しなんだなーとちょっと笑いそうになってしまう。

「最初に会ったのは、うん。秋玻と同じときだよ。朝の教室で、矢野くんが本読んでたとき。秋玻と話したあと、入れ替わりが起きて、わたしが出ちゃって……でもうん、そのときは、顔見ただけだった。びっくりして逃げちゃったから……。だからわたしは、放課後だね。その日の放課後、矢野くんに、転んだところ見られちゃって……もう隠せないと思って、わたしの存在を説明して……」

「はえ～、放課後ですか！　隠そうとした割に、見つかるの早かったっすね！」

「し、仕方ないでしょう！　わたしだって緊張してたんだから……！　ちょっとくらい失敗だってしちゃうでしょう！」

お、さっきの春珂先輩の勢いが戻ってきたぞ！

やっぱこれはこれでいいっすね、ずっとそんな感じでいてもらいたい！

「……で、えっと。まあ転んだのを矢野くん、助けてくれて。そのあと、二重人格の話をしたんだけど……あのね、えっと」

と、春珂先輩は考える顔になってから、その表情をふっと緩めて、

「……笑ってくれたんだ」

「笑ってくれた～？」

「そう。あのね……」

一度咳払いしてから、春珂先輩は柔らかい声のままでわたしに説明してくれる。

「わたしが、自分を隠さなきゃいけない、頑張んなきゃいけないんだって話してるときに……矢野くん、言ってくれたんだ。自分も同じなのかも。キャラ作りを辞めたい。だから、気持ちはわかるよって。それで、うん……笑ってくれて……。今となってはね、ちょっと危なっかしい会話なんだけど。お互い、そんな風に思う必要あったのかなって思うけど。そのときは、そ

の表情がすごくうれしかったんだ。許された気がした。なんだろ……わたし自身の存在を？

うん、大げさだけどそんな気がして……」

「ふんふん、なるほどね～」

状況や立場こそ違うけれど、だいたい秋玻先輩と似た流れ、と言って良いんだと思う。

不安や心配を抱えていた秋玻先輩と春珂先輩。矢野先輩は、二人にそれぞれ必要としているものを、偶然にも与えてあげることができた。

「確かに、そんなこともあったなー！」

黙っていた矢野先輩が、そこでまた無駄にデカい声を上げる。ちょっとうるせえ。

「あのときは僕、色々一杯一杯だったからさ。そこまで考えれてたかっていうと怪しいけど、うん！　春珂が、そんな風に受け止めてくれたなら、本当によかったって思うわ！　ありがとな！　そう言ってくれて！」

あ～、確かに当人からしてみればそんなもんなのかもしれないね～。

あくまで何気ない言葉が相手に大きな印象を与えてたり。場合によっては人の気持ちを救っちゃったりね～。

まあ、声はデカすぎだけど。もうちょい声量落として欲しいけど。

「うふふ、こっちこそありがとう……」

うれしそうに笑っている春珂先輩。

けれど彼女は――、

「だから、うん。優しいとか、笑ってくれるとか、そういう印象が強くなったんだけど……」

そこまで言って、ふいに口ごもる。

「……だけど、なんです？」

尋ねると――春珂先輩は視線を落として。

そして、数秒ほども黙り込んだあと、

「あのね……秋玻の話を聞いて。あの子が、どんな風に矢野くんと出会ったのかを聞いて……ちょっと……矢野くんの印象、微妙に変わったとこあるかもしれない……」

その表情には、これまでにない揺らぎが見えるような気がした。

矢野先輩よりも秋玻先輩よりも、精神的には安定している春珂先輩。

そんな彼女が、動揺を見せている――。

「へー、どんな風に、印象変わりました～？」

さりげない口調を心がけながら、わたしは尋ねる。

「んーと、えっとね……」

春珂先輩は、一度口ごもり――、

「確かにわたし……優しいところとか笑ってくれるところとか、そういうのを意識しすぎてたのかも。最初に、そういうことがあったからね。だけど、本当は……秋玻の思うような一面も、矢野くんにとっては大きかったのかなって」

「は～なるほど。なんでそんな、急にそう思い始めたんでしょうかね～？」

「うんと……。わたしも当時、すごく緊張してたのね。ちゃんと隠せるかなって、上手くやれるかなって。その気分を、なんか久しぶりに思い出したんだけど……」

「まあ、そりゃそうですよねえ。普通の転校でも死ぬほど緊張するだろうに、春珂先輩には事情があるわけでね～」

「うん。でね……それで、思ったんだ。もしも、その状態で秋玻と同じ経験したら。本読んでる矢野くんに会って、それが自分と同じ趣味だったら……」

春珂先輩は、そこで一度大きく瞳を揺らして。

「うん。こないだ秋玻が言ってたような、純粋に文学少年なイメージが、強くなってたかも……って」

「……へ～なるほど～」

うなずいて、わたしはそばにあった椅子に腰をかける。

そんなことあるんですねー、的なリアクションをしたけれど。正直なところ、狙い通りだ。というか、狙い以上だ。

ここまではっきり、自分の感覚の揺らぎを感じてくれるなんて。こんなにも自発的に、そこに疑問を抱いてくれるなんて……。

さすがだよ～春珂先輩！

これまで以上にはっきりと、わたしは春珂先輩への好印象が強まったのを自覚する。

「……どうです？　矢野先輩は」

ここで、わたしは矢野先輩に視線を向けた。

「なんとなく、春珂先輩の中で矢野先輩像が揺らいできましたけどー。矢野先輩的には、どっちが本当とかありますか～？」

「んーいや！　普通に両方だろ！」

矢野先輩はＩＱほぼゼロみたいな、ストレートにもほどがある返答だ。

「やーもちろん、それぞれちょっとずつ印象が違うんだろうけどさ、別に、両立するんじゃね？　真面目で繊細、も、優しくて笑ってくれる、も」

「ま～、それは確かにそうですね～」

「実際僕も、そのとき別に何か作ろうとしてたわけじゃないし。全部本心だよ。だからまあ、単にそういう面もあった、ってのでいいと思うんだけど」

ふん、まあそれはその通り。今わかった矢野先輩の二つの印象は、まあ普通に一人の人間に両立するものだ。過剰に混乱する必要はないし、まあそういうとこもあるよね～くらいの話。

春珂先輩の方に視線をやる。

相変わらず、何か考えている様子の春珂先輩。

けれど、

「……まあ、そうだよね」

彼女も顔を上げ、矢野先輩に笑ってみせる。

「確かに、どっちもありえるよね。ありがとう、矢野くん！」

「おう、どういたしまして！」

うん、仲が良さそうで良いことです。まだまだ三人行動も始まったばかりですしね、のんびりやっていきましょうー！

＊

──その日、わたしたちは三人で学校の各所を回りながら、矢野先輩の言動を思い出していった。

真面目で繊細な矢野先輩。

笑ってくれる優しい矢野先輩。

そんな二面を何度も確認し合い、春珂先輩ではなく秋玻先輩も、少しだけ矢野先輩のイメージにブレを感じたみたいだった。

「──そうね……確かに、春珂の言う通りだったのかも。矢野くんにも、色んな面があったのね……」

よしよし、それを体感してもらえたならよかったです～。そこから入らないとどうにもならないからね！

ただ、正直なところこの段階では、若干手加減をした部分があった。

わたしから見れば、二人の話の中にも「身勝手な矢野先輩」の要素だって十分感じ取れたのだ。

例えば——キャラ作りをカミングアウトするとき。

春珂先輩に事前に詳細な説明もなく、いきなりお友達の前でカミングアウトをしたこと。

これ、結構危ない行為だと思うんですよね～。なんか、三人の中ではちょっといい話みたいになってるけど。だって、そんなことされたら春珂先輩、もう自分の存在隠せないでしょ。正直、結構な強制力働いちゃってるでしょ、あのシチュ。

本当に慎重に繊細にやるなら……まずは、春珂先輩に確認を取るべきだったのだ。

それをしなかったのは——矢野先輩のがさつさ故だ。

ぶっちゃけ、気分が乗ってたんだろうと思う。矢野先輩、自分に酔っちゃってたんだろう。

だからこそ半ば無意識に、あんなわざとらしくドラマチックな展開にしちゃった。

——とはいえ、それはここでは言わないでおくことにする。

いきなり一気に話しても混乱するだろうし、まずはじっくり進めていった方がいいだろう。

ということで！

「で、明日なんですけど～」

千代田先生に挨拶し、学校を出て駅へ向かう途中。

わたしは、二人にそう切り出した。

「最初言っていた通り、矢野先輩の知り合いに会いに行ってみましょう～。一発目ですし、割とちゃんと仲良くて、できれば割と最近知り合った感じの方が良いんですけど～」

うん、次はきっとそういう人に会うのがいいはず～。まずは話しやすくて、出会ったときの印象がはっきり残ってる人。おあつらえ向きの人が、いればいいんだけど～……。

「ああ、じゃああいつだな！」

矢野先輩が、高らかな声でそう言う。

「さっそく、連絡してみよう！　あいつもきっと、協力してくれるはず！」

＊

「――え、か、かっこいい……」

なんだかものすごく、恥じらうような表情だった。

「矢野のこと……俺は……毅然としてて、かっこいいと思ってる……」

——宮前高校を訪れた翌日。

矢野先輩、水瀬先輩の共通の友人——細野先輩の家で。

細野先輩はもごもごと口ごもってから、うぶな乙女みたいな口調でそう言った。

「……」

思わず、一瞬リアクションを忘れてしまう。

……へ〜矢野先輩がかっこいいかあ。そりゃまた……思った以上に予想外……。

わたしの隣では、春珂先輩があからさまに面食らっている。まあそういう反応にもなりますわね。

それから、そう言う細野先輩の隣には恋人であるという柊先輩もいる。彼女の目の前で、そんな少女みたいな顔見せていいのか〜？　と思うけれど、何やら柊先輩もまんざらではない表情だ。

……ていうかこの人むしろ、かわいらしい生き物でも見るような顔で細野先輩を見てね？『そんな細野くんも好き♡』みたいな顔してね……？　これ……この二人、結構なバカップルでは？　イチャイチャを無意識に振りまくタイプのお二人なのでは……？

……やべえな、一発目から癖が強い人に当たっちゃったかも☆

——最近できた友人として、矢野先輩が真っ先に挙げたのがこの二人だった。

同じ宮前高校の、細野先輩と柊先輩。家にも遊びに行ったことがあるということだったから、こうしてちょっと無理して三人でお邪魔させてもらうことにした。

確かに、なんか矢野先輩と仲良くなりそうな印象だなー、細野先輩も柊先輩も。

しゅっとして塩顔で落ち着いた物腰の細野先輩と、和風美人で、水瀬先輩とはまた違ったかわいさの柊先輩。家の感じも整理されていて清潔感があって、うん、初めてお邪魔しましたけどなかなかの居心地ですね～。

……まあ、やってきた当初は細野先輩、めちゃくちゃ警戒してたけどね。

ドアの隙間からじっとこっち見て「……どちら様？」「二人とはどういう関係？」とか聴いてきたけどね。

まあ、他校の女子がいきなり来たら、そりゃ警戒もしますわな～。すんませんねえ強引なことして。けどまあ、お友達がまあまあのピンチなんでご協力お願いしまーす！

「あの……元々、顔はよく見てたんだよ。クラスは違ったんだけど、修司と須藤が……共通の友人がいたから」

細野先輩は、丁寧に話を続けてくれる。

ぶっきらぼうそうな見た目の割に、根は親切なタイプらしい。

「でも、そのときはほら、矢野もキャラ作ってたから。ネタっぽいキャラ作ってたから、明るくて元気なやつってイメージだったんだけど……でもなんか、印象に残ってたんだよな。なんとなく、仲良くなれそうというか、近い雰囲気を感じるというか……」

「は～なるほどー。じゃあそういう表面とは別の、何か中身みたいなものが当時の矢野先輩には滲んでたんですかね～？」

「う、うん、そうなんじゃないかと思う……」

何やら身じろぎしつつ、細野先輩はうなずく。

「で……去年の春過ぎくらいか？　ここに……うちに、みんなで遊びに来たんだ。そのときは、もうキャラ作るの辞めてて、素の矢野になってて。それが初めてちゃんと絡んだ最初の機会、って感じでだったな。それで、うん……かっこいいなって……」

「はえー、何か、そう思うきっかけがあったんですか？」

「そ、そうだな……えっと……」

こちらを見て、ぎくしゃくと考え始める細野先輩。

「うん、あったんだよな……色々と……」

……はは～ん。

これはあれだな～？　わたしみたいな女子を苦手に思うタイプだな～？

まあ結構いるのだ、こうやって金髪で派手目な格好をしてると、何もしてないのに勝手に怖がってくるタイプの人が。まあでも取って食うわけじゃないから、そんなにビビんないでおくれよ～。リラックスして話してください～。

「えっと……その当時、ちょうど共通の友達が恋愛関係で揉めてて、俺らちょっと大変な状態だったんだよ。その上、水瀬さんの件も……秋玻さんと春珂さんの件もあって。あの時期は、今ほど慣れてなかったし……。多分、色々大変だったと思うんだよな。考えなきゃいけないこととか慣れない生活とかの板挟みで。けど矢野、そういうのから逃げることなく、真正面から向き合っててさ。全部に対して精一杯で、一生懸命で……」

ちょっとずつ気持ちが乗ってきたらしい。

いつの間にか、スーパーヒーローについて語るような口調になっている細野先輩。

「あの俺、前にそうやって揉めたときに、逃げちゃったことがあるんだ。友達も柊も遠ざけて、殻に閉じこもっちゃったこと。けど、矢野はそんなことせずに、真正面から問題に立ち向かってて……そりゃ、上手くいくことばっかりじゃないけど、一生懸命で……うん、そういうのを、かっこいいって思ったんだ……」

「……はえ～、なるほどなるほど～」

わかりました！　風にうなずいたけど、にしてもこの人、矢野先輩好きすぎじゃねえか？　ちょっとなんか、過剰に憧れすぎじゃねえか？

正直わたしは、矢野先輩のことかっこいいと思ったことは一度もなかったな～。いや実際まあまあのヘタレでしょ。今もこうして変な感じになってるわけでね～。マジ、人の感覚って本当にバラバラだな～、これを提案した我ながらほんとにビビるわ～。

とはいえ、問題はわたしの感想でなく水瀬先輩だ。

さりげなく隣を見れば──春珂先輩はまたもや考え込むような表情になっている。

……おお～いいですね！　ちゃんと受け止めてくれてる！

そういう真面目なとこ、わたし大好きですよ～。けどまた、近いうちにわたしを冷たくあしらってくださいね～あれが一番興奮するから。

ちなみに。話題になっている当人である矢野先輩は、

「ははは、ありがとな」

妙に爽やかな笑みで、細野先輩にそんな声をかけていた。

さらに、肩に腕を回しガッと彼を引き寄せると、

「うれしいわ。これからもかっこよくあれるよう頑張るよ。細野の期待を裏切らないようにな！」

──ああ～！

さっそく影響されとるー！　細野先輩の中の『矢野先輩像』におもくそ影響されとる！

なんか、かっこよくなってる！

いやそれ全然似合わねえから！　優男風の顔とハードボイルド風の言動、全然合ってねえ！

そして細野先輩もまんざらでもない顔してるんじゃねえよ！　なんだこいつら！

「と、時子ちゃんは……」

そんな二人に全く目もくれず。

真剣な顔の春珂先輩が、柊先輩に声をかけた。

「時子ちゃんは、どう思う……？　矢野くんのこと、どんな男の子だと思ってた……？　どんな言動から、どういう人だって思ってた……？」

「……そうだね」

細野先輩たちを眺めていた柊先輩が、視線を床に落とす。

そして、ぽつりぽつりとこぼすようにして、

「あの……かわいい四コマ漫画あるでしょう？」

そんなことを、言い始める。

「ほら、女の子がいっぱい出てきて、そんなに大きな起伏はなかったりするんだけど、その子たちが過ごす日常を描いた、かわいい四コマ……」

「……ああ、うん、あるね」

春珂先輩が、こくりとうなずいた。

「たまに、アニメになるようなやつだよね。わたしもときどき見る……」

あーはいはい、わたしもよく見ます。というか好きです。

マジさ〜、現代社会に必要なのはああいう作品なんよな。

ただ、なんでその話が今出てきた？　ここから話、どう繋がるん？

と思っていると、

「わたしの中では矢野くんは……あれに出てくるキャラ、って感じかな？」

「……ええ⁉」

春珂先輩が、素っ頓狂な声を上げた。

わたしも、隣で持っていたお茶をこぼしそうになった。

けれど、柊先輩は我々の動揺にも気付かない様子で、

「そういう漫画の中でも……クールな先輩キャラ、っていうか。頼れる落ち着いた女の子、っていうか……」

……この人、何言ってんだ〜？

矢野先輩が、萌え四コマのキャラ？　さすがに意味がわかんねえぞ？

ぱっと見清楚だけど、もしかしたらこの場で一番やべーやつでは？

「ち、ちなみにそれは……」

春珂先輩も、困惑を隠さず柊先輩に尋ねている。

「どういう言動から、そう思ったの……？　ちょっとわたしには、あんまりそういう感じには見えなかったんだけど……」

「あー、えっとね……まさに、今みたいな」

言って、柊先輩はちらりと矢野先輩、細野先輩の方を向き。

「ほら、矢野くんと細野くんがこうして話してるとね……かわいくて、いつまでも見ていられ

て……ふふ。日常四コマみたい、って思うの……」

「……ああ～」

「細野くんが、素直になれないけど本当は矢野くんが大好きな女の子で、矢野くんは、その気持ちに気付かず普通に仲良くしたいと思ってる、みたいな……」

「なる、ほど……」

うなずいて、話し続けている矢野先輩、細野先輩を眺める春珂先輩。

いやでも、さすがにやっぱ無理がないっすかね～？

もう十七歳の男子二人のやりとりを『萌え四コマ風』は、ありえなくないっすかね～？

けれど、

「……」

考え込む様子の、春珂先輩。

え、マジで⁉　そこにも納得しちゃう⁉

「そうか……そうだね、そういうとこも……あるのかも……」

納得しちゃった！

ん～、もうめちゃくちゃですね☆　柊先輩も春珂先輩も、なんで本気でそんな風に思えるんだ？　あ、もしかして……恋してるからか⁉　二人とも、それぞれ細野先輩と矢野先輩を好きだからか⁉

マジかよ！　恋の力ってこわ～い！

——というわけで、細野邸訪問は思った以上の大成功。

以降数日にわたって、わたしと矢野先輩、秋玻先輩／春珂先輩は、様々なご友人と会っては矢野先輩の印象を聞いて回ったのだった。

＊

■須藤伊津佳、広尾修司のケース

「あーわたしねー。やっぱりまだ、キャラ作ってたときの印象引きずってるんだよなあ」

「ああ、わかる。俺もそうだよ」

「だってさー、出会ってから一年もね、そういう感じだと思ってて」

「しかもな、結構それが堂に入ってたっていうか」

「そうそう、嘘っぽくないんだよー」

「だからそうだよな、やっぱり今もどこかで、矢野の内心に明るい部分があるって前提で、考えてるところはあるかも」

■千代田百瀬のケース

「そうね、ちょっとその……高校生の頃の、わたしに似てるって、最初は思ったかも」

「そうだな……反抗的な態度？」

「ああ、違うの。学校とか教師とかに反抗的とか、そういうことじゃなくてね……」

「んー、そうだな……」

「周囲が当たり前だと思ってることに対する、反抗？」

■古暮千景、Omochiのケース

「……んー、正直わたしは、よくわからんやつ、って印象だった」

「ほー。でもそうだ、千景ちゃん言ってましたね～、人のジャンルが自分と違いすぎるから、だから興味があるって～」

「うん。だから修学旅行も同じ班に誘ったんだけど、結局どうだろ……これといって、ピンとは来なかったな。だから、うん。つかみ所がない、って感じ」

「逆にわたしは、豪腕な印象ですね～。それこそ、文化祭で派手な告知をするところ、目の前で見たわけで～」

＊

「――完全に、わからなくなってきたわ」

古暮先輩、Ｏｍｏｃｈｉ先輩と話した、カフェからの帰り道。

秋玻先輩は――わたしの隣で、ぽつりとこぼすようにそうつぶやいた。

「わたしは、わたしが見てきた矢野くんこそが本物だって自信があったの……。他の人よりも、沢山彼のことを見てきた。身近で、わたしにしか見せない顔を見せてくれたと思う……」

「ま～、それは事実そうでしょうね～」

うん、思い上がりでも何でもないと思いますよ～。

実際、彼に対して一番思い入れがあったのは、おそらく秋玻先輩か春珂先輩でしょう～。

「だからね、うん。疑ってなかったの。わたしは矢野くんを知ってる。彼の根源の部分を知ってるし、それはきっとどこにいても変わらないんだろうって……」

けれど、と秋玻先輩は、小さく息をつき、

「みんなの話にも、気付かされるところがあった。がさつさ。優しさ。かっこよさ。かわいさ。面白さも反抗的なところもつかみ所がないところも……豪腕なところも。……うん、わかる。わたしもわかるの……。全部に納得がいった」

どこか苦しそうに、秋玻先輩は口元を歪めると、

「その上で、それぞれの印象があんまりにもバラバラで。それどころか……一部は矛盾さえしてるでしょう？　がさつさと優しさ。かわいさとかっこよさ。その上わたしは繊細で真面目って思ってて……ねえ」

と、秋玻先輩はこちらを見る。

完全に――手がかりを失ったような表情。

当たり前だと思っていたものが、あまりにも脆いものだったと理解した不安――。

「『元の矢野くん』って、なんだったんだろう……」

――そうだ、その問いだ。

必要なのは、それを考えること。

自分の中のそれを、疑うことだとわたしは思う。

「……ちなみにー」

秋玻先輩の言葉を受け、わたしは矢野先輩にも話を振ってみる。

「矢野先輩は、どうですかー？　ここまで色々話を聞いてみて、いや、これこそが本当の僕だー、とか。さすがにそれはないとか、そういうこと、思いましたー？」

短く数秒の間を開けてから、

「……いや、それが僕もわかんないんだよ」

かすかに眉を寄せて。それでも、どこかフラットな印象の表情で矢野先輩は言う。

「うーん、みんなの話聞くと、なるほど、そうなのかなって思って……。納得がいっちゃうんだけど、全部その通りにすることなんてできなくて……。どうすれば、いいんだろう……」

——というわけで。

ここまでくればわかると思うけれど、今回のわたしの目的はこれだった。

秋玻先輩と春珂先輩の中の、矢野先輩像を揺さぶること。

二人が思っている「元の矢野くん」なんてものがあまりにも不確かで、もっと言えばそんなの存在さえしないかもしれない、そんな風に思ってもらうことだ。

そしてそれを、矢野先輩にも見せたい。

自分という存在が、中からも外からも揺らぐところを経験してもらいたい。

わたしは——思うのだ。

生まれつき、はっきりしたキャラを持っている人間なんていない。

もちろん、それぞれの特徴みたいなものはあるだろうけれど、それが人生の軸になるような人なんてほんの一握り以下だ。

だから、人間性なんて——自分で理想を定め、それに向かって進むうちに形成されるんじゃないか。キャラも、人も、立ち位置も、自分や環境がそれを求め、決まっていくものなんじゃないか——。

そんな中、キャラ作りを拒んだ矢野先輩がどうなったか。

安定しないのだ。その場その場でイメージに応えようとしたことで、人のあり方がめちゃくちゃになった。当たり前だ、そうなるに決まっている。

戻ろうったって、そもそも何に戻るって言うんだろう。

つまり矢野先輩は——こうしてころころ性格が変わる先輩は、別にそれまでと大差ないんだ。

元々、矢野先輩は、全ての人はそういうものなのだ。

——さあ、矢野先輩、どうしますか？

ここからあなたは、どんな自分を選択するんですか？

わたしは、それを見せてもらいたい。

あのね、今からわたしのところに戻ってきて欲しい、ってわけじゃないんです。今からキャラ作りして、あの頃の二人に戻ろうって言いたいんじゃないんです。

その希望は、文化祭で捨てました。

だから、その先を見せてください。

わたしを選ばなかった、その先を、わたしに見せてみろ。

そう、言いたいんです——。

「——さて！」

西荻窪駅に到着し、今日もこれまで、というところで。

わたしは、二人の方を振り返り話を切り出した。

「ちょっとここからは、もう一歩踏み込んだことをしてみようと思いますー！　もう、春休みも残り少ないですしね！　四月に入りましたし、わたしもバイトとかありますし。そろそろ、一気に話を進めたい」

そう、マジでもうすぐわたしも二年生になるのだ。

あんまりのんびりもしていられないし……なんとなく、秋玻先輩と春珂先輩の入れ替わり時間も、かすかに短くなり始めている気がする。なんかこれ、多分ヤバいやつだろ。早めに色々解決した方がいい感じだろ。

だったらもう――ここからは荒療治でいきましょう！

一発で、全員を目標地点まで連れて行く！　そしてその場合、やるべきことは――、

「ちょっと――明日は、二人行動しましょう～」

言って、秋玻先輩の手を取った。

ほっそりしてひんやりして、それでも柔らかい秋玻先輩の手。

うおー、一生触ってたい……。矢野先輩、この手で色々してもらったんか～？　それは素でうらやましすぎるんだが～？

「え、ふ、二人で……？」

秋玻先輩は、あからさまに動揺している。

まあそりゃ、いきなりで意図が読めませんよね。でもね、ちゃんとあとで説明するんで～。

「ええ。ちょっとここまで全員で行動して、やれることやれないことあったんでね。なんでほら、いいですよね？　矢野先輩。しばらく、秋玻先輩と春珂先輩借りちゃって～」

「……あ、う、うん、いいけど……」

きょとんとした顔で、矢野先輩はうなずいた。

「何か、その……酷いことをするとか、そういうことでなければ……」

ふん、酷いことね～。

まあ、ここはしないと言っておきましょう。

むしろ、どう受け取るかは秋玻先輩、春珂先輩次第だ。少なくとも、わたしとしては善意でやらせてもらいますよ～。

「ということで～」

わたしは、秋玻先輩の顔を覗き込み、

「どうぞ、よろしくお願いしますね～」

秋玻先輩は、相変わらず不安げな色を顔に残したままで、

「う、うん……」

とうなずいてくれたのだった。

——そして、その日の帰り道。

吉祥寺へ向かって走る電車に乗りながら。

わたしは秋玻先輩に、こんなラインメッセージを送ったのだった。

kirika『明日は～、矢野先輩のことを嫌いな人の話を聞いてみましょう!』

*

「——正直、気が進まないよ」

翌日、お邪魔した水瀬先輩の自宅、本人の部屋で。

初っぱなから……春珂先輩はめちゃくちゃ不機嫌そうだった。

勉強用の椅子に腰掛け表情を硬くし、ふう、とかわいく息をついている春珂先輩。

そして彼女は、もう一度不本意そうに口を開き、

「……わたしはね、矢野くんが好きなの。秋玻もそう。なのに、彼のことを、よく思わない人の話を聞くって……悪口を聞かされるようなものでしょう? 良い気分はしないよ……」

「まあまあまあ～そう言わずに～」

その冷たい声色に興奮を覚えつつ。久しぶりに向けられた春珂先輩の塩対応に、ゲスで性的

な快感を覚えつつ、わたしは彼女に答える。

「本当に、必要なことなんですよ〜。だって、今までは仲がいい人の意見ばかり聞いてきたわけでしょう？　それって、どうしても偏りがあるじゃないですかー。全員に好かれる人なんていないし、嫌ってる側の人の意見を排除するのも、それはそれでバランス悪いでしょ〜？」

――秋玻先輩、春珂先輩の部屋は、完全にイメージ通りだった。

本棚に並べられた純文学と、恋愛ものが中心の少女漫画。わたしも好きなタイトルがちょこちょこ見えるかも〜。気が合いそうですね。

チェストの上にはかわいいぬいぐるみやジャズのレコードが当たり前みたいに並んで置いてあって、洋服のラックはシックな色合いのものとカジュアルなものがグラデーションを描いていて……。

なんだろね、例えるなら性格の全然違う姉妹の部屋って感じかな？　ベッドと勉強机がそれぞれ一つしかないのが、不思議だけど。

あとなんか、良い匂いするね。これは、デスクに置かれてるアロマかな……。

お洒落なライトと一体になったアロマ、香りは多分ラベンダーで、ふむ、これは秋玻先輩チョイスと見た！

「それは、そうかもしれないけど……」

その中で、春珂先輩は未だに不満の残る顔で、

「まあ、仕方ないのかもしれないけどさ……」

……ん〜、確かに気持ちはわたしにもわかるのだ。

誰だって、わざわざ好きな人の悪口なんて聞きたくないよね〜。ワンチャンわたしならキレるかもしれん。好きな人レベルまでいかなくても、仲いい人の悪口を聞きたいとは思わない。

それでも——嫌な部分から目を逸らすのは。そういうものを「ないもの」として扱うのは、それはそれで違う。

本当に好きなのなら、そういうところを含めて受け止めるべきだし、こんな状況になればなおさらそうだ。

ネガティブな面も受け入れて——やっとそれで、人間全体がぼんやり見えるんじゃないかと思う。なら、それを知るべきだ。

「——ということで〜」

わたしは、言いながらスマホのロックを解除、ラインを起動する。

「知り合いを当たってみたんですけど、なんとか矢野先輩を苦手に思ってる人、見つかりました〜」

「……本当にいるんだ、そんな人」

まさか、矢野くんを嫌う人がいるなんて、とでも言いたそうな口ぶりだ。

けれど、そんなのいるに決まっている。どんな聖人でも、万人に好かれるなんてマジで不可能でね。探してみれば、誰かネガティブな印象を抱いてる人なんて、一人くらい見つかっちゃうものなのです。

「中学時代、あの人周囲と上手くやれてなかったですからね。だから今回話すのは、その時期に同じクラスだった北村先輩って方です。今は秋玻先輩たちと同じく宮前高校なんですけど、組はずっと別みたいですね～」

「……どこでそんな人見つけたの」

「中学の頃の塾のつながりで見つけました～。結構大変だったんですよ？　実は、もう何日も前から必死で探してて～」

「へえ。じゃあ割と前から、こうするつもりだったんだ……」

「もちろん！　ちゃんと計画的に動かないと、ジタバタしたのに収穫なし、とかなりかねないですからね～」

いや、マジで割と大変だったのだ。

まずは、塾の知り合いに矢野先輩を知っている人がいないか探して回った。何人かはいたけれど、彼らは特に矢野先輩に悪い印象を覚えておらず。今度は彼らに「矢野先輩と仲の悪い人はいなかったか」を聞いて周り、最終的に北村先輩の存在に行き当たった。

いや～大変だった！　めんどくせえし、何よりなんでそんなことしてるのか説明が難しかった！　最終的に「や～今あの人とちょっと揉め事になってて」みたいなぼんやりした言い訳でなんとかなったけど、塾で培った人間関係がなければ多分みんな情報提供してくれなかったろうな～。やっぱり、日々の積み重ねって大事ですね！

「で、北村先輩本人に矢野先輩のことを話して欲しい、本人には伝えないから、正直な印象を教えて欲しい、って伝えてあります。怪訝に思われたんですけど、間に挟んでいた人が『庄司さんはそんな悪いことする子じゃない』って説明してくれて、ＯＫもらえました～」

「……なるほど。すごいね、行動力……」

「えへへ。あざます。でもそれ、春珂先輩褒める顔じゃないですよ～？」

「うん、ちょっと引いてる……。なんでそこまで頑張るの……」

「まあ、個人的な興味があってね～」

そう、これは正義感によるボランティアとかじゃなくて、興味本意の利己的行動だ。その辺は、秋玻先輩と春珂先輩にも理解しておいていただきたい。

あとは～……もうちょい秋玻先輩と春珂先輩と交流してたい、って魂胆もあったりします！

せっかくの春休み、どうせならかわいい子と一緒にいたいからね！

「ということで、さっそく電話してみましょう－」

春珂先輩にも聞こえるよう、オーディオ設定をスピーカーにしてからラインで北村先輩に通話をかける。

しばらくすると、ぷつりという音とともに画面が通話状態に切り替わり、

『……もしもし』

何かを疑うような声が、スピーカーから響いた。

「あーもしもしー。庄司ですー」

『ああはい、北村です』

「すみませーんお時間もらっちゃって。ちょっと色々あって、矢野先輩の印象を伺いたくて～」

『ああうん。聞いてます……』

声の調子で、電話の向こうで北村先輩がうなずいたのがわかる。

『……あのーでも』

と、そこで北村先輩は口ごもり、

『本当に、誰にも言わないでくださいね？　俺も、陰で人のこと言うの気持ちよくはないし……。あんまりそれで、悪いことが起きて欲しくないっていうか……』

……ふん。

どんな人かなーと思っていたけど、この人はこの人でかなりまともな感覚の持ち主みたいだ。悪口言いたいだけの嫌なやつの可能性も考えていたけど、そうではないっぽい。よかった～。こういうタイプの方が、説得力ありますからね～。

「ああ、そこは大丈夫ですよ～！　わけあって詳しくは言えないですけど、情報を悪用することはマジでないですから！　むしろ、発生してる問題を解決するためと言いますかね～」

『うーん……わかった。それは信じるよ。俺も、友達からの頼みだったし。信頼する』

「ありがとうございまーす！　……では、さっそくなんですけど。北村先輩から見た矢野先輩のこと、教えてもらえますか～？　それこそ、出会いから最近までを振り返って、とかでもいいんですが～」

『あー、了解。えっと……』

頭の中で話をまとめているのか。

北村先輩は、短く黙り込んでから、

『……最初に同じクラスになったのは中一のときだったかな』

そんな風に、手探りといった様子で話を始めた。

『小学校も同じだったけど、クラスが同じになったのはそのときが最初だと思う。で、正直そこまで印象強くなくて。お互いどっちかって言うと、文化系だったんだけど……あいつほら、なんか難しい小説とかよく読んでるだろ？　俺は普通に漫画とかアニメとかだったから、そんなに交流なくて。ちょっと気難しいやつなのかなーくらいの印象で』

「ふんふん、なんかめちゃくちゃ想像つきますね～、そういう中学生だった矢野先輩」

この辺は、秋玻先輩の矢野先輩像に近いだろう。繊細で真面目な文学少年。

ちょっと気難しそうに思われている辺りが、これまでなかったタイプの感想だけど。でもうん、そう思うのも理解できるわ。

『で、なんだろ、最初に覚えてるのは……そうだ、声かけたんだ。俺らが漫画の話してるときに、ちょうど矢野もそばにいて。だから俺の友達が「矢野、本よく読んでるけど漫画は読まねえの？」って。そしたら、読むって言うからどんなのが好きかって話になったんだけど……それがまあ、ことごとく合わなくてさ。まあ、それ自体は仕方ないんだけど、その中であいつが「あー、北村たちはそういう感じのが好きなのか」って言った、その口調が……なんというか、ちょっと、なんだろな……。少しだけ……馬鹿にしたように聞こえたっていうか』

「あ〜はいはいはい」

思わず、スマホに向かってうんうんうなずいてしまった。あるよね、そういうこと。

『まあでもそのときのは、今考えるとこっちの気のせいなのかも、とも思うわ。矢野も普通に、そう言っただけなのかも……。そこまであからさまに、バカにしてきた感じではなかったと思う……』

「ふんふん」

お、冷静。こういうところも好印象。

『でもなんとなく、俺のいたグループでは「なんだろうな、あいつ」みたいな雰囲気ができたんだよな……。ちょっとこう、苦手意識というかそういう感じが……』

なるほどね〜。うん。マジでありがちだと思う。ちょっと意識高いやつ読んでるタイプの人と、カジュアルなの読んでる人の間の、なんかぎくしゃくする感じ。

うちのクラスでも結構そういう人の壁はあって、文化系な人たちの間でも謎の縄張り意識みたいなのがあるっぽかった。まあ、個人的には正直どうでもいいんだけど。そんなことより、現実でどう振る舞うかの方がよっぽど大切じゃない〜？

『で、そのちょっとあとに、事件が起きたんだ。クラスで、矢野が揉めたっていうか……』

「事件、ですか〜。どんな事件です？」

『あのークラスにさ、結構いじられがちな男子がいて。そいつが、なんだろ、陽キャっていうか、割と圧のある男子にいじられてるのを、矢野が止めようとしたんだよ。なんだっけな「いじられキャラだからって、何しても許されるわけじゃないだろ」みたいな』

「はーふんふんふん。なるほど〜」

実はその事件は、わたしも知っている。

矢野先輩に初めて声をかけられた日、そのことについて打ちあけられていた。

『それを見たときは、おお、やるじゃんって思って。すげえなあいつ、って思ったし感動もしたんだけど、そのあとな……どうしても、クラスの雰囲気が、あいつを排除する感じになって。俺らも、あんま絡めなくなって……結果、矢野の側も、とげとげしてきちゃってさ……』

「はいはい。まあそりゃ、排除されればそうもなりますよね〜」

『だと思う。それはだから、仕方ないと思うよ。けど、うん……。それが関係あるのかな、実はちょっと、そのあと割とはっきり言い合いになって……』

北村先輩は、短く言いよどむ。

そして、決心したように息を吸い込むと、

『その日、俺ら学校で、漫画の新刊回し読みしてて。あのー、なんていうかな、本当に良い作品で泣けるんだけど、ちょっと……エロいというか。美少女の、露出度が高いやつというか……そういうシーンもあるやつで』

「あーはいはいはい。ありますよね！　そういうの」

わたしもいくつかそういう作品を知っている。

まあ、学校で読むのはどうかと思うけど、それを早く読みたいって気持ち自体はわからんでもないかな～。

『で、それをこそこそ教室で休み時間に読んでたんだけど、そのときそばを通った矢野に「そういうの、あんま学校で読まない方がいいと思う」みたいなこと言われて。まあ、正論だよな。こっちもそれはわかっててさ。あと、なんか矢野と絡みたいってのもあって。なんか排除されてるけど、俺たちはそんなでもないよって伝えたくて「いや、これはこれで実は面白いんだよ」みたいな返しをしたんだ』

「ほう。それって、むしろフレンドリーな回答ですよね！　矢野先輩が排除されてた時期であるなら～」

『そう、むしろなんか、それきっかけに話せればって……。でも、なんだろうな。矢野、そのとき機嫌悪かったのか……「もっとまともな本読めよ」みたいな、返しをしてきて……』

「あ〜……」

うん、それは揉めるやつだ。前回の件とかも踏まえて、マジで揉めるやつだわ。

矢野先輩、そんなこと言ったんか〜。やー結構な攻撃意思ですね。切羽詰まってたんだろうけど、これはなかなか今の彼と印象違うのでは〜？

ちらりと、春珂先輩の方を見る。

彼女は、眉間にしわを寄せじっとその話に耳を澄ませていた。

『や、それでもう、ムカついちゃって。こっちとしては、好意を持ってやったつもりなのに、好きなもの馬鹿にされたわけでさ……。それでなんか、言い合いになって。うん……。それが、矢野と話した最後になっちゃって……』

酷く残念そうなその口調。

北村先輩も、矢野先輩とケンカしたかったわけじゃなかったんだろう。

実際、普通に友人になれた可能性もあるんじゃないかと思う。

良い印象がないはずの矢野先輩に関して、ここまで公平な物言いをできる北村先輩。

何かが噛み合えば、この人矢野先輩と仲良くなれたんじゃないかな〜。

けれど、そうならなかったんだよな。残念ながら、現実はそうならなかった。

『……そうだ、それで』

北村先輩が、思い出したような声を上げる。

『その言い合いの最後に、友達が、矢野に言ったんだ。「なんでそんなにエラそうなんだよ」って。「作品の中身も見ずに馬鹿にして。難しい本読むのがそんなにエラいのかよ」みたいな。そしたらさ……矢野。本当に馬鹿にするみたいに笑って。見下すみたいにさ、話はもうこれで終わりだって感じで「ああ、お前は僕が読む本、難しそうって思うんだ」って……それだけ言って、どっか行っちゃって……』

……うわぁああ。

うわ〜嫌味だ〜！　それは嫌な返しすぎるよ矢野先輩〜！

めちゃくちゃ馬鹿にしてるじゃん！　相手を心底見下してるとしか思えないじゃん、それ！

むしろ「お前はバカだ」ってはっきり言っちゃった方がまだマシなレベルだよ！

『もうそれが……本当にムカついてな……うん』

北村先輩は当時のことを思い出しているのか、怒りを嚙み殺しているような声色だ。

『友達も、ぽかんとしたあとめちゃくちゃキレてて……そりゃ、クラスでもこんな扱いになるわとか、そんな話になって……』

いやまあ、そりゃそんな感じにもなるだろうね……。

殴らなかっただけ、むしろ冷静だと思います。わたしなら100%殴ってたし、なんなら策を弄して教室での地位をどん底までたたき落としちゃうぞ☆

『……とにかく』

もう、あまり思い出したくもないのだろう。

北村先輩は、話をまとめに入った。

『だからやっぱり、矢野には良い印象がないんだよ。だからもう、高校でも一言もしゃべってないし……今後も、交流することもないんじゃないかな――』

――その後、こちらから丁重に礼を言って、北村先輩との通話は終了した。

スマホのメッセージアプリを終了させながら、わたしは思った以上の成果に満足感を覚える。

……うん、素晴らしい！

まさに、わたしが欲しかった情報だ～！

仲良しの相手からは、決して見えない顔。けれど、間違いなく矢野先輩自身の、嘘偽りない一面。

本当は、結構マジで心配していたのだ。ただただ悪口を言いたいやつが来ちゃったり、あんまり信頼の置けない感じで、偏った視点で話をされちゃったり。

けど、うん。北村先輩、完璧でした！

もちろん、全部が全部彼の言う通りではないのかもしれないけれど、少なくとも、大枠の部分で嘘はついていないのだろうし――何より。

「……」

考え込むような表情で、黙り込んでいる春珂先輩。
その表情に。きゅっと結ばれた綺麗な唇に――。
わたしは、自分が十分に役割を果たせたことを、はっきりと実感した。

――うん、ここまでだな。

心の中で、わたしは一人、そう考えた。

わたしにできるのは、ここまで。
あとは――彼ら次第。矢野先輩と、秋玻先輩と、春珂先輩がどうするかだ――。

インターミッション
intermission
【セーブポイント】

Bizarre Love Triangle 三角の距離は限りないゼロ

「──さて、以上かな～」

わたしの家から、駅までの道のりで。

ふいに霧香ちゃんはそう言って、その場に立ち止まった。

そして、こちらを向きわたしの顔を覗き込むと、

「ねえ、秋玻先輩。これで、わたしにできることは、全てやれたんじゃないかなと思います。役割は、終わったんじゃないかな～って」

その金色の髪に、橙の夕日が差して煌めいていた。

はっきりしたアイラインと、今風の鮮やかな唇の色。

一見すると不釣り合いになりそうだけど、霧香ちゃんの鮮やかなかわいさはノスタルジックな風景にもよく似合って、なんだか胸がきゅっと苦しくなる。

──話は、部屋できちんと聞かせてもらった。

北村くん、という男子の話。矢野くんが、中学時代に彼に放ったという言葉。

……うん、霧香ちゃんの言う通りだ。

確かに、情報は全て出そろったんじゃないかと思う。

矢野四季、という男の子のこと。それを沢山の面から、十分にわたしたちに見せてくれた。

だからあとは──わたしたちが、どうするかだ。

「……ありがとう」

深々と、頭を下げた。

正面から霧香ちゃんに向かい合って、わたしは彼女に感謝を表する。

「おかげで、うん。色々わかった。まだ……どうするかは決められないけど。というか正直混乱してて、頭ぐちゃぐちゃだけど……うん、必要なぐちゃぐちゃなんだと思う。霧香ちゃんのおかげです、ありがとう……」

なんとなく、わたしは理解している。

この子は、わたしや春珂、矢野くんのことをお人好しだと思っている。確かにそれはそうなのかもしれないけれど、結局霧香ちゃんだって同じなのだ。仮に本人にメリットがあるにしたって、ここまで他人にしっかり関わってくれる人はそういない。

この子は、良い子だ。多分、彼女自身が思っている以上に、ずっと。

「いいんですよ～。面白かったし。ただわたしがそうしたかっただけですし～」

霧香ちゃんは、くしゃっと笑う。

大人びた顔が、年相応の幼さを纏う。

そして彼女は、

「あ、でもー、もしお礼をしてもらえるなら～……」

ふと、いたずらな表情でもう一度こちらを覗き込む。

「……一日だけ、わたしの彼女になってくれませんか？」

「……え、どういうこと？」

「だから〜、恋人になってくださいよ。お付き合いするんです、恋愛対象として」

「……あはは、それは無理だよ」

すごいことを言う子だなあ。彼女になって、一体どうしたいんだろう……。

デートでもしたいんだろうか？　一緒に買い物でもしたいんだろうか。それなら、彼女にならなくったってできるんだけどな……。

「……そっかー」

存外、霧香ちゃんは残念そうに言う。

「まあ、しゃあないですね。秋玻先輩には、矢野先輩がいるわけですし〜」

「うん、そうだね……」

うなずき返しながらも、けれどわたしは考えを改める。

……もしかしたら、ちょっと本気だったのかもしれない。

自意識過剰かもしれないけど、うぬぼれてるかもしれないけれど、霧香ちゃんは、内心本気でわたしと付き合いたいと思ってくれたのかも……。

……だとしたら、申し訳ない言い方をしてしまったかな。

もっと本気で、しっかりと断るべきだったのかもしれない。

切なげな表情の霧香ちゃん。相変わらず、こうして見ているだけでドキリとしてしまうほどにかわいらしい。

きっと……何かが違えば、矢野くんはこの子と付き合っていたんだろう。

何かが嚙み合っていれば、あるいは何かが嚙み合わなければ、矢野くんはこの子と決別することもなく、恋人同士になったりもしたんだろう。

そのとき矢野くんは、霧香ちゃんの彼氏になっていた矢野くんは、どんな男の子になっていたんだろうか。

そんな彼に出会ったとしても——わたしは、彼を好きになっただろうか。

「……でもよければ」

霧香ちゃんが、ふいに顔を上げる。

真っ直ぐに、その目でこちらを見る。

「これからも仲良くしてください」

「うん、それはもちろん」

「春珂先輩にも、よろしくお伝えください。それから……また、どうなったか教えてください。矢野先輩とのこと」

「うん」

わたしは、霧香ちゃんにはっきりとうなずいてみせ、

「それも、もちろん報告するよ」

「……ありがとうございます」

そう笑った霧香ちゃんの表情は。

一生忘れられないかもと、そう思ってしまうほどに、可憐だった——。

＊

——今後どうするかを、決めましょう。

霧香ちゃんと別れたあと。帰り道の途中にある公園のベンチで。

わたしは、スマホのメモ帳に春珂へのメッセージを書き込んでいた。

わたしたちのこれからを決めるときだ。

そのタイミングが、ついにやってきたと思う。

——春珂は、もう気付いているでしょう？

入れ替わり時間が十五分ちょうどになった。多分、もうあまり長くは持たないと思うわ。

矢野くんのことも、必要な情報は全て手元にある。

だから、次に話せるのが最後の機会だと思って、どうするかここで決めましょう。

こうしている間にも、入れ替わり時間は順当に短くなっていた。

今現在で、十五分。主治医曰く、持ってあと数日。これまでは、何かイレギュラーがあればいつ二重人格が終わってもおかしくない、という状況だったけれど、もはやそれすら超えてしまった。

つまり——どうやっても、もう終わる。

どれだけ安定していても、二人の気持ちが落ち着いていても、二重人格は終わる——。

だから、最後のチャンスだと思うべきだ。

次が、矢野くんに何かを伝えられる最後のチャンス——。

ふと思い付いて、わたしはスケジュールを確認する。

始業式まであと少し。それまでに片をつけるなら、いつがいいだろう……。

そう言えば、矢野くんは今回の件を踏まえて、学校で面談の予定があると言っていた。

確か、明後日の昼過ぎに、千代田先生と保護者との、三者面談の形で。

だとしたら——、

——明後日の面談のあと、矢野くんに時間をもらわない？

そこで、わたしたちの気持ちを、考えを伝えましょう。

＊

――秋玻の意見には、全面的に賛成だった。

もう、わたしたちに時間は残されていない。

だとしたら、次に会えるそのときを最後だと思って、全てを伝えるしかない――。

面談の日に話す、というのも賛成だ。

けれど――、

「んん……」

ベンチに腰掛けたまま、わたしは小さくうなってしまう。

――スマホに残された、秋玻の考え。

ここしばらくで矢野くんの様々な姿を見て、出した結論――。

それに……わたしは納得がいかなかった。

確かに、沢山の意外な一面を見つけることになった。がさつな矢野くん、かっこいい矢野くん、かわいい矢野くん。そして――ちょっとだけ性格の悪い。嫌なやつな一面もある、矢野くん。

わたしも、未だに混乱している。

見せつけられた矢野くん像の一つ一つにリアリティがあって、とても嘘だとは思えない。

けれど――、

「秋玻の考えは……うーん、これはなあ……」

――わたしは、上手く呑み込むことができなかった。

秋玻のたどり着いた「矢野くん」の受け入れ方。彼という人間を、どう理解するか。

ちょっと迷ってから、

――あのね。。。わたしはちょっと、違う考えなの。。。

わたしは正直に、スマホにそう書き込むことにした。

――わたしは、矢野くんは、本当は。。。。。。

*

――なるほど、春珂の気持ちはわかったわ。

彼女からの、長い書き込みを読み終え。わたしは、ベンチの上で深く息を吐き出した。

――うん、確かに説得力のある話だと思う。わたしも、その考えを否定はできないわ。

はっきりと、意見が割れていた。

沢山の面を持っていた矢野くん。そんな彼をどう受け止めるか、どんな風に理解するか。

わたしと春珂の考えは、真逆と言っていいほどに違っていた。

……なるほど、そういうこともあるんだろう。

スマホを眺めながら、わたしはふっと笑う。

わたしと春珂は、別々の人間だ。なら気持ちも考えも変わって当然。こんなにややこしい状況なんだ、考えが全くの反対になっても不思議なことはないだろう。

だから、

――じゃあ、それぞれ考えを伝えましょう。

わたしは、続けてスマホにそう書き込んでいく。

——どちらかの意見を、正解として決めないといけない、なんてことはないでしょう。

だから、春珂の考えは春珂の考えとして。わたしの考えはわたしの考えとして、矢野くんに伝えましょう。


そうだ、それしかないと思う。

最後になるかもしれない、矢野くんと話せる機会。そこに、後悔を残すわけにはいかない。

なら、わたしたちはわたしたちとして、それぞれに本心を伝えるしかない。

*

——うん、わかった。。。。。。

秋玻の返答に、わたしはさらなる返事を書き込んでいく。

——そうしよう。。。。。。

ありがとう、そんな風に言ってくれて。。。。。。。

その瞬間のことを、想像する。

順番に、お互いの考えを伝える瞬間――。

一体、そこで何が起きるだろう。どんなことが、矢野くんと、わたしと秋玻の間に起こるのだろう。

……いや、本当はわかっているんだ。

わたしも、秋玻も。そして――もしかしたら矢野くんも。

最後に何が起きるのかは、きちんと理解できている――。

だから、後悔がないようにしたい。やり残すことがないよう、全てを矢野くんに伝えたい――。

「……ああ、そうだ」

そこで――ふとわたしは思い立つ。

本当に、全てを矢野くんに伝える方法。

何もかもが終わったあとに、それでもきちんと彼に感謝を伝える手段――。

――ねえ秋玻。。。提案があって。。。。。

わたしはスマホに、そのアイデアを書き込み始める――。

――友達に、みんなに、渡したいものがあるの。。。。。。

第三十八章

Chapter38

「わたしたちについて」

Bizarre Love Triangle

三角の距離は限りないゼロ

——本当は、僕は覚えていた。

あの日見た夢。クラス会の夜に見た、恋をする夢。

その中で——自分が恋をしていた相手のこと。

僕が恋していた相手は——秋玻でも春珂でもなかった。
——どちらでもなかった。

不思議な夢だった。

身体に覚える浮遊感も、ぼんやりと滲んだ景色も、間違いなく僕の知る夢そのものだった。

けれど、感覚。恋をしているという実感。

胸に走る甘やかな痛みや切ないうれしさ、そこに『彼女』がいる幸せは間違いなく本物で。

夢だなんて到底思えない、現実味を帯びた感覚で——。

だから——信じたくないと思った。

僕が恋をしているのが、秋玻と春珂、どちらでもないなんて。

そしてその相手が、誰であるかわからないなんて——。

誰にも言えない、と思った。そんなことを言えば、僕は人を致命的に傷つける。これまで積み上げてきた関係を、そこで芽生えたはずの大切な気持ちたちを、後戻りできないほどに破壊し尽くしてしまう。
だから——その事実を、僕は責任を持って自分の胸に閉じ込めた。
忘れるのではない、なかったことにするのではない。
覚悟を持って——胸に納めておく。そういう選択をした。
結果——自分を見失ったのは予想外だったけれど、まさかこんな形で秋玻(あきは)、春珂(はるか)に迷惑をかけるとは思っていなかったけれど。それでも、二人に勘づかれることはなかったと思う。
だから今も——その秘密は。
夢の中で僕が気付いてしまったことは、僕の中に厳重に保管された状態のままだ——。

「——そう、なるほどね」

校舎の片隅にある、ごく普通の教室。

もうあと三日もすれば、三年一組となる予定のその部屋で。

春休みに入ってからの現状を伝えると、千代田(ちよだ)先生は安心したように深く息を吐いた。

「ひとまず、生活に支障がなさそうなのはよかったわ……。もしかしたら、学校来るのも難しいのかもなって思っていたから……」

向かいの席で、表情を緩めている先生。

先日も、僕や秋玻(あきは)、春珂(はるか)、霧香(きりか)までこの学校に入れてもらったし、今日も本来こんな風に面談をする予定はなかった。そんな風に振り回してしまっているせいか、その顔には引き続き疲れがかい間見える。もしかしたら、僕だけでなく秋玻と春珂の変化に関しても、色々と気を回しているところがあるのかもしれない。

「ええ、そうですね、学校は問題ないかと」

隣に腰掛ける母親が、うなずいて先生にそう答えた。

「本人もその意思があるようですし、変に環境は変えない方がいいかなと思っています」

最初のうちは僕の変化を心配し、けれど最近ではなんだかんだでそれを受け入れつつある母親。もう最近では、僕がどんなテンションでもごく当たり前に受け入れるようになってくれた。

ちなみに、今日の僕のテンションは……おそらく、かなり落ち着いている感じなんじゃないだろうか。こうしていても、過剰に不安になったり申し訳なくなったりすることもない。以前の僕だったら、もっと恐縮して先生にも何度も謝罪していたんじゃないだろうか。それこそ、あまりに過剰で先生が笑ってしまうくらいに。

「そうですね、じゃあ今年度も、去年と同じく普通にまずはスタートしてみましょうか？　どう？　矢野くん。始業式まであと三日だけど。初日から、普通のクラスに交ざれそう？」

「ええ……問題ないんじゃないかと、思います。クラスメイトには、ちょっと変に思われるかもしれないですけど」

「そうね。でもどうだろ、案外これまで交流がなければ、気付かないかもしれないね」

確かに、それもそうだと思う。

以前の僕を知らなければ、今の僕が何かおかしいことも、性格がくるくると入れ替わっていることにも気付かれないかもしれない。

秋玻と春珂の入れ替わりに比べれば、僕の変化は穏やかだ。一瞬で切り替わってしまうわけでもないし記憶が途切れるわけでもない。

うん、きっと、上手くやれるんじゃないかと思う。

——それ以降も、いくつか話をして面談は終わりとなった。

「じゃあ、わたしはここで……」

と、母さんが一足先に校舎をあとにする。

このあと、大事な用事があることは、母さんにも先生にもきちんと説明がしてあった。

「……部室で、話すのよね？」

その背中を二人で見送ってから、千代田先生が尋ねてくる。

「秋玻ちゃん、春珂ちゃんとは、部室でお話しするんでしょ……？」

「ええ、そうですね」

「……わかった」

こくりとうなずく千代田先生。

そして、彼女はこちらを見上げると、勇気づけるような笑みを浮かべて、

「頑張って……しっかりね」

「……はい」

その言葉に──素直に背筋が伸びた。

自分の中で、そういうスイッチが入った感覚がある。きっと今、僕は「落ち着いた自分」から「しっかりした自分」に切り替わり始めた。

これから起こるかもしれないこと。

それを考えれば、そういう自分で臨めるのはありがたい──。

──部室で話したい、と言い出したのは、秋玻と春珂だった。

家でも公園でも喫茶店でもなく、わざわざ学校の、しかもあの狭い部屋で。

春休みなのに、わざわざ制服に着替えてまで、彼女たちは僕らにとって大切な場所、部室で話したいと希望した。

そのことに──はっきりと僕は、意味を感じた。

これから彼女たちと交わす会話。それはきっと、とても大切なものになる。

結論が、出るのかもしれない。例えば僕の人格についてや、僕らの不確かな恋について。あるいは──彼女たちの二重人格さえも。

確信に近い、そんな予感。鼓動がじわじわと加速を始める。

──一体、どうなるんだろう。

わからなかった。このあと、僕らにどんなことが起きるのか全く想像できない。

だって、僕は自分の気持ちさえ上手く受け止められないでいるのだ。夢の中で感じてしまったこと。秋玻にも春珂にも、恋をしていないという実感。

僕は今も、それを信じたくないと思っている。そうでなければいいと、心から願っている。

そしてもう一つ、願うことがある。

そんな僕だけど、未だに全てを受け入れられない弱い自分だけど……それでもどうか。どうか、秋玻や春珂の願いだけは、彼女たちの気持ちだけは、受け入れることができますように──。

「……わたしたちも、控えてるから」

千代田先生が、試合前のセコンドがボクサーに話しかけるような口調で言う。

「わたしも、あの子たちの病院関係者も今日こうなることは把握してるわ。ご家族もそう。だから……何かあったらすぐ連絡を」

「……はい」

案の定、先生たちもものものしい準備を進めている。

口には出さなかったけれど、彼女たちの入れ替わり時間は既に十五分ほどになっているようだ。その状況で、彼女のありように関わる何かが起きれば──確実に、変化がある。きっと、そう確信しているんだろう。

そんな秋玻、春珂と──僕は今から、三人だけで話をしに行く。

「ごめんなさい、矢野くんに託してしまって」

悔しそうに、千代田先生がつぶやいた。

「けど、あなたでよかったって思ってる」

その言葉は、素直にうれしかった。

僕も少し考えてから、

「……僕も、担任が千代田先生でよかったって思ってますよ」

なんて返しておいた。

千代田先生は、驚いたように小さく目を見開いてから——今日初めて、心の底から楽しそうな表情で笑った。

「矢野くんも、言うようになったじゃない」

「ええ。じゃあ、行ってきます……」

そう言って——僕は廊下を歩き出した。

僕らが沢山の時間を過ごした場所、部室に向けて。

窓の外の景色は、もうすっかり春めいていた。桜のつぼみは膨らみ、木々は青く茂り。街を行く人の服装も、軽やかで楽しげなものになっている。

——ああ、終わりの季節だと。

そして同時に——はじまりの季節なんだと。

肌に触れる体温や空気の匂い、目に映る色合いに、僕はそんなことを改めて実感した——。

＊

「——いやー、どもどもー」

なんだか、芸人が舞台に出てくるときみたいな口ぶりだった。

部室で待つこと十分ほど。存外普段と変わらない——むしろ、普段よりも軽やかな表情で、春珂は部室にやってきた。

「ごめん、待たせちゃった？」

「や、そうでもないよ。ていうかまだ約束の時間の前だし」

「そっかー、ならよかった」

言って、彼女は鞄をその辺に置き、僕の向かいの椅子に腰掛ける。

ふわっと彼女から香る、甘く華やかな香り。シャンプーの香りだろうか、あるいは洗濯の洗剤の香りだろうか。もしかしたら、ここまで来る途中で身体に纏った、春の花の香りなのかもしれないとも思う。

——ふと、出会った頃のことを思い出す。

ちょうど一年前、初めて秋玻と春珂に出会ったときのこと。

あの頃も、彼女のそばにいるときによくこんな香りが鼻をくすぐった。

空気は少し肌寒くて、あの頃よりもまだ冬の気配が辺りに残っているようにも思う。けれど——そうだ。もう少しで、一年が経つんだ。

目の前にいる春珂に、しばらく目をやる。

ずいぶんと身体に馴染んだ制服と、窓から差し込む日に淡く輝く髪。

清らかに白い頬と、彫像みたいに通った鼻筋、春めいた桃色の唇。

そして——大きな丸い瞳。

こぼれそうに水分を含んだ、何億年もの暗がりをたたえた、その瞳。

そこには無数の星が瞬いていて、渦巻く光は吸い込まれそうな引力を放っていて——僕は、この子と過ごしてきた時間を。永遠にも思えたこの一年のことを思う。

ふと、記録をつけておけばよかった、と思った。

これまで彼女と経験したことは、きっと僕の人生を大きく変えるだろう。

高校を卒業しても、大人になっても、年を取って老人になっても、きっとこの世を去るその瞬間になっても。この時間は特別で、大切なものだったと思えるだろう。

そういう、確信がある。予言みたいに、はっきりとそう理解している。

だから、永遠にしたかった。僕らの過ごした毎日を永遠にしたい。いつか、どんな形でもいい。記録に残すことができればいいのに、と思う。

そして今――僕らはその記録の、最終章に足を踏み入れた。

多分、ここから全ての片がつく。

――答えを、選ぶ瞬間が迫っている。

「面接、どだった？」

何気ない口調で、春珂が尋ねる。

「ああ、一応この春からも、普通に学校は通うことになったよ。様子見ながら、状況次第で柔軟に考えようって」

「あーだよね。それがいいよね。わたしたちも、去年そんな感じだった」

「……確かにそうか。普通に暮らしながら何かあったら対応、みたいなね」

「そうそう。でねー、あの」

と、彼女は一度そこで言葉を切り。

考える表情になってから――、

「……考え、まとまったの」

――ぽつりと、日常の会話に混ぜ込むように。

ごく何でもないことのように、短くそう言った。

けれど、僕は理解する。それが、合図であることを。ここから、僕らは本題に入るのだということを。

「ここしばらくでさ……矢野くんの色んな姿を見て。霧香ちゃんの協力で、色んな人が見る矢野くんを知って……うん、秋玻とわたし、考えたんだけど。ようやく、まとまりました」

「……そっか」

うなずいて、僕はまず春珂に笑ってみせる。

「ありがとな、真剣に、いっぱい考えてくれて」

「ふふ、どういたしまして」

春珂も頬を緩め、目を細める。

その表情を、僕はじっと見つめて意識に焼き付けた。

「ただねー」

と、春珂は困ったように眉を寄せ、

「ちょっとさ、考えが二人で違うんだ。秋玻とわたしで、それぞれたどり着いた結論が違うっていうか。矢野くんに、提案したいことが違うっていうか」

「そう、なんだ……」

「だから、うん。順番に話させてください。あの、一応事前に言っておくけど、どう受け止めてくれてもいいからね？　どっちの提案を選んでも、逆にどっちも選ばなくてもいいと思う。ただ、一つお願いできるなら……」

春珂は、もう一度笑う。

後悔なんて一つもなさそうな、迷いも恐怖も一切なさそうな顔で——彼女はほほえむ。

「——最後かもしれないから」

春珂は、はっきりとそう言った。

「わたしたちが、秋玻と春珂としていられて、矢野くんとちゃんと話せる最後かもしれないから——うん。しっかり聞いてくれるとうれしいです」

「……うん」

心の中で、覚悟を決めながら。

春珂の言葉を、一つ一つ受け止めながら——僕はうなずく。

そうか、やっぱり最後か。

「わかった……聞くよ」

「……ありがとう。じゃあえっと、順番なんだけど」

春珂は、そう言って何かを探るように視線を小さく上げる。

そして、短い間を開けてからこくりとうなずき、

「……そろそろ秋玻が出てきそうだから、秋玻からお願いしようか」

＊

「――こんにちは」

「うん、こんにちは」

秋玻が顔を上げ、僕の方を見る。

変に丁寧な挨拶を交わし、僕らは笑い合う。

こんな状況で、不思議な気分だった。秋玻も僕も、どこか落ち着いている。

「春珂から……話は聞いてくれたのよね？」

「うん。聞いた」

「そう、じゃあ……わたしから話せばいいかな？」

「そうだね、お願いできるかな」

声のトーンも、普段とまるで変わらない。

現実逃避じゃない。きっと、僕も彼女の――最後かもしれないこの時間を、できる限り丹念に味わいたいと思っている。

「……わかった」

うなずくと――秋玻は小さく深呼吸する。

そして、向かいの席で真っ直ぐ僕を見て、話し始めた――。

「……ここしばらくで、矢野くんの色んな側面を見てきたわ。わたしの知る矢野くんだけじゃなくて、知らなかった矢野くんも。わがままとか、かっこいいとか、かわいいとかね……。笑っちゃった。時子ちゃんの話を聞いたときには……」

口元に手を当て、くすくすと笑う秋玻。

「僕もあれは、さすがにびっくりしたよ」

釣られて、僕も笑ってしまう。

「でも、そうか、そんな風に見えたりもするんだなって。うん、新鮮な意見だった」

「そう、そうなの」

秋玻は深く、二、三度うなずく。

「みんな、それぞれ実感のこもった矢野くん像だったと思うのね。少なくとも、それぞれが見た矢野くんはその人たちにとって本物だった。極端な見方をしてるとか偏った見方をしてるとか、そういうことはなくて……うん。多分、わたしも同じ立場だったら、同じ印象になったんじゃないかと思う」

そこで、初めて秋玻はわずかに表情を曇らせる。

綺麗な形の眉が寄り、彼女に差す日の光が瞬く。

開け放していた窓の向こうで、どうやら風が出てきたらしい。カーテンが、小さく揺れながら部室の中の影の形を変えていく。

「だから――揺らいだわ」

秋玻が、ぽつりと言う。

「わたしの中の矢野くん像が」

そのことがまるで罪であるかのように。

僕に対して不誠実であるかのように、秋玻の口調が苦しげなものになる。

「文学少年で、繊細で、真面目で、優しくて……。そういう矢野くん像に、気付いてなかった色があることを指摘された。混乱したよ。ううん、むしろね、今も混乱しているの。どういうこと？　どれが本当の矢野くん？　わたしが見ていたのは、偽物の矢野くんだったの……？ただ、新しい側面が見えるだけならいいんだよ？　そうじゃなくて、矛盾までしてるんだもん。真逆の印象を持ってる人さえいた。じゃあ、誰が間違ってるの……？　って……」

そこで、秋玻はふっと息を吐き出す。

ずいぶんと、気持ちの高ぶりを感じる表情。

気分を入れ替えるようにして、秋玻は何度か呼吸をするけれど、それでも高揚は拭いきれないみたいだった。

「けど、うん、ふと思い出して」

机に視線を落とし、秋玻は目を細めている。

「伊津佳ちゃんと修司くんが、今の矢野くんにも、違和感がないって言ってたこと……」

「……うん、言ってたな」

修司の家を訪ねたあの日、二人は確かにそう言っていた。

　自分のことながら、僕はそれを上手く理解できなかった。

　こんなに性格が安定しなくて、なのに違和感がない？　そんなことが、ありえるんだろうか……。


「あれね、うん。わたしもわかるなって思ったの……」

　秋玻は、けれどその顔に、どこかほっとしたような笑みを浮かべる。

「最初はね、そう思ってなかったんだけど。色々考えてて、ああ、わかるなって思えるようになってる自分に気付いたの……。みんなが見ている矢野くんも嘘じゃない、わたしの思う矢野くんも嘘じゃない。受け入れにくいところも、確かにあるけど……むしろ、それがしっくり来る気がするんだ」

　秋玻の顔は——答えを見つけた人間の顔だった。

　迷っていない。不安も抱えていない。たとえこれからどうなっても、それを受け入れることのできる人の表情。

　秋玻は、自然に受け止めている。自分の考えを。たどり着いた彼女の答えを。

　——置いていかれた感覚があった。

　受け入れにくい。その通りだ。

　こんな風にころころ入れ替わって、違和感がない？　どうして？

「……じゃあ、僕は」

口に出してみて、声が酷くかすれているのに気付く。

千代田先生にしっかりしてと言われ、しっかりしていた自分。

その魔法が、いつの間にか少しずつ解け始めている——。

「僕は、どういう人間なんだろう……。どういう性格で、どんなことを考えていたんだろう……」

「——全部」

と、秋玻は答えた。

「全部抱えて、それで矢野くんなんじゃないかな？　まだ、上手く言えないけど……。それが、最終的にどんな人になるのかはわからないけど。でも、そう。その全てが矢野くんなんじゃないかなって、ね」

——背中に、強烈な感覚が走った。

真っ暗な穴の上に立つような。果てのない草原で丸裸にされたような。背筋を走る、寒気に似た感覚。

一瞬の間を置いて——僕はそれが、不安だということを理解する。

「だから……うん、無理にこういう人間だって、思い込むことはないと思うの。いつか、生きていればそんな何かが見つかるかもしれないし、そうじゃないかもしれない。けれど、それでいいんじゃないかって……。それでも間違いじゃないんじゃないかって、わたしは思ったんだ

「……」

──一人の人間でありたいと思っていた。

──キャラ作りなんて辞めたいと思っていたし、一貫した自分でみんなと接したいと思っていた。

なのに──全部が自分？

大きく、視界が揺らぐ感覚がある。

そんなの……真逆じゃないか。矛盾していて、めちゃくちゃで、一貫性がない。

そんなものが自分だとしたら──明日から僕は、どんな風に振る舞えばいいんだろう。どんな風に、人と接すればいいんだろう。

それは、無限に尽きることのない不安だ。

灯台も星も見えないまま海を渡るみたいに、停電した建物を非常灯なしで抜け出すみたいに。何の基準もないまま、僕は生きていかなければいけない。

想像する。そんな毎日を。

自分がどんな人間なのかわからないまま目を覚まし、誰でもないまま学校へ行き、空っぽの心で友達と接し、回り続ける毎日。

賑(にぎ)やかに、豊かに彩(いろど)られた『空虚』。祝福され、歓迎され続けられる『無意味』。

──無理だ。

はっきりと、そう思う。

そんなこと、僕にできるはずがない。あまりにも耐えがたい。

そんな自分を、受け入れることはできない。そんな人生、到底認められない。

「……」

は、と気付いた。

顔を上げる、秋玻を見る。

──彼女は。

目の前にいる秋玻は──じっと僕を見ていた。

うっすらと笑みを浮かべて。

まるで、これから起きることを、何かを悟ったような顔で。自分の運命を理解したような表情──。

「……聞いてくれて、ありがとう」

小さいけれどはっきりした声で、秋玻はそう言った。

「わたしからは以上です。次は……春珂だね」

けれど僕は──上手く言葉を返せない。

目の前の秋玻に、何と言葉をかければいいのかわからない。

迷っているうちに、秋玻は小さく首をかしげ、

「じゃあね、矢野くん。あの子によろしく──」

そう言って、そのままうつむいてしまった――。

＊

「――わたしの知ってる矢野くんが、本物だと思う！」

顔を上げて、春珂はそう言った。

「他の誰でもなくて、わたしが知ってる矢野くんが、矢野くんだと思うの！」

何の前置きもなく第一声。

強い意志のこもった、彼女自身の譲れない願望の滲んだ声だった。

思わず笑ってしまった。それまでの緊張感が嘘だったようにほっとしてしまう。よかった、こんなときも春珂は、春珂のままだ……。

そんな僕の安心が伝播したのか、春珂もちょっとリラックスしたように笑い、

「あのね……確かにわたしも、ここしばらくで矢野くんの色んな面を見たの」

息をつき、ゆっくりと話し始めた。

「いいなって思うところもあったし、ちょっと笑っちゃうところもあったし、それに……うん。正直、ちょっと嫌だな、って思う面もあった。正直ね……」

……うん、なるほど。

なんとなく、苦しげな春珂の表情に理解する。

きっと、あまり僕のことを好きではない人の意見を聞いたりもしたのだろう。最後の霧香と秋玻、春珂だけで行動していた日。何をするつもりなんだろうと不思議に思ったりもしたけれど、そういうことなら納得できる。

そうする意味もわかるし――何よりも。

霧香だったら、あの子だったらそういう面も容赦なく二人に見せそうな気がした。

いや、容赦なく、というよりも喜々としてそれを見せつけたかもしれない。

「で、うん……。もう、わかんなくなったの。何が本当なんだろうって……。なんかちょっと、怖かったし。わたしの知ってる矢野くんが、遠ざかっていくみたいで。……ううん、ちょっと違うかも、むしろ、最初から『矢野くん』なんて、そんな人いなかったって、そう言われてるような気分だったのかもしれない……」

――ああ、理解できる。

今僕が苛まれているのも、まさにその恐怖だ。

秋玻と話していて、僕は底なしの恐怖に触れた気がした。

それはまさに――「僕の知る僕なんていなかった」という恐怖だ。

僕は今、春珂と同じ恐怖を共有している――。

「……確かに、みんなの言うことも、わかる部分はあるの……」

視線を落とし、春珂はそういう。

「みんな多分、嘘ついたり盛ったりしてるわけじゃないし。ていうか、多分実際矢野くんにも、そういう部分があると思うの。がさつだったり、かわいかったり、ちょっと、なんだろ……意地悪というか、気難しいところとか。……でも！」

と、春珂はこちらに身を乗り出し、

「でも……！　わたし、わたしは……」

「――誰よりも、矢野くんを見てたんだもん！」

――気付けば、その目に涙が溜まっている。

唇を噛み、今にも泣き出しそうな顔で――春珂は主張する。

「誰よりも……この一年間で、わたしは矢野くんを見てきたんだもん！　伊津佳ちゃんより修司くんより、霧香ちゃんより細野くんより時子ちゃんより、古暮さんよりＯｍｏｃｈｉさんより、北村くんよりも！」

――北村くん。

ほとんど覚えのない名前だけど、誰だろう……。言われてみれば、聞き覚えのある気もするけれど……。

ただ、そんなことを考える前に——、

「だから——わたしはわたしを信じる」

はっきりと、宣言するように春珂は言う。

「確かに、色んな面が矢野くんにはあったんだと思う。でも、絶対に……わたしが見た矢野くんが、一番なんだ。それが、矢野くんの中心で、核みたいなもので……」

そして——春珂は僕の手を取る。

ひんやりとした春珂の手。

それが僕の手の平を、驚くほど強い力でぎゅっと包み込む——。

「だから——」

春珂は、祈るように手の平に力を入れたまま、

「——わたしの知っている、矢野くんでいて」

——胸を打つものがあった。

なんだろう、真っ直ぐに向けられた視線。手の平から伝わる彼女の体温。

そこに何か——救いのようなぬくもりを、感じ取った気がした。

そして、気付く。かすかに道が開けた感覚。小さな隙間から差し込む光。

どうしようもなく……僕は思う。

ああ――それならできる。

春珂の願う僕になら、僕はなることができる――。

あの夢を見て以来、秋玻と春珂、どちらにも恋をしていないと気付いて以来、目の前に壁がそびえている感覚があった。

自分には、どうやっても越えられない高い壁。

もちろん、穴をブチ開けて通り過ぎることもできない。僕には、そんな力もない。なすすべなく、その前に立ち尽くすことしかできない壁だ――。

全てがそうだった。

僕自身のあり方のこと、秋玻と春珂との恋のこと。それが全て、どうやったって乗り越えることのできない重圧感を持って、僕の前に立ちはだかっている気がした。

確かに、秋玻の言っていることはよくわかる。

全てが本当なんじゃないか、どこにも嘘はないんじゃないか、という彼女の考え。

誠実だと思う。説得力がある。真っ当だと心から思う。

それでも――恐ろしいんだ。

そんなことを受け入れてしまったとき、自分はバラバラに壊れてしまう気がした。

いくつもの自分が全て嘘でないなら、自分は一体どこにいるんだろう。自分の核は、一体どこにあるというのだろう。それは、自分自身が消えてしまうのに等しい恐怖だった。

どうしても――選びようのない選択肢だった。

秋玻、春珂との恋のことだってそうだ。

――どっちも好きじゃない？

……今さら、そんな話が許されるはずがない。

二人とは、沢山の気持ちの交流を繰り返してきた。彼女たちは僕のことを大切にしてくれたし、僕も彼女たちを大切にしてきた。その気持ちを欲しいと思った渇望も、その身体に触れたいと願った苦しさも、紛れもなく本物だったはずだ。だからこそ、彼女たちも気持ちでそれを返してくれた。

長い時間をかけて関係を育んだ、重ねてきたそんな日々こそが、その証明だと信じていた。

けれど……どちらも好きじゃない？

今さら、どちらにも恋をしていなかった……？

ありえない。そんなこと許せるはずがない。

何より――僕が僕を許せない。

だから――、

「……ありがとう」

――そう返した声が、自分でも驚くほどの熱を孕んでいる。

「そんな風に言ってくれて、ありがとう……うれしい、うん。うれしいよ……」

春珂の手をぎゅっと握る。

うつむいて、涙がこぼれそうなのをこらえた――。

春珂の答え。春珂の見てきた僕が僕であること。

それなら――できる気がした。

春珂の願う自分になら、僕はなることができる――。

そう、これは修学旅行の日の再演だ。生駒山上遊園地での約束。

彼女たちが、僕の最初の変わらないものになるという提案――。

あの日もそうだった。自分を見失いかけた僕に、二人が手を差し伸べてくれた。自分の中の矛盾に触れかけた僕に、一つのガイドを提示してくれた。

今それが、改めて春珂の口から提案されている。二人が、ではない。春珂が僕のありようの、標になってくれる――。

僕は、春珂の口から語られる僕の姿が好きだ。

繊細で、優しくて、けれど春珂の前では沢山の笑みも見せる。弱いところがあるけれど、それを春珂が補ってくれる。そんな関係性も好きだ。

そんな風になら、なりたいと思う。それになら、なれると思う。

そしてその決断は――僕らの恋の結果だって、決めることになる。

春珂に求められた自分を受け入れること。春珂の願いを受け入れること。

それはつまり――彼女を選ぶ、ということだ。

これまで、答えが出ないまま延々と考え続けてきたこと。僕ら三人の恋の行方。

その答えに、春珂を選ぶ、ということだ――。

その事実にさえ――救われたような気分になった。

悪夢みたいな「どちらも好きではない」という予感。僕は、それを振り払うことができる。春珂に対して、気持ちを真っ直ぐに向けることができる。それは、少なくとも救いだ。そうであって欲しいと思う。そういう自分になら、なれると思う。

そうだ、春珂は僕に可能な僕を提示してくれた。

春珂を好きであること。春珂の知っている僕であること。

それは――どちらも好きではなく、全ての僕が僕である、なんていう底のない厳しい答えと比べて、とてつもなく甘やかな結論だった。

――我慢できず、思わず春珂を抱きしめた。

「……わっ⁉」

春珂が驚きの声を上げるけれど、もう我慢できない。

絶対に離してしまうことがないように、もうその姿を見失ってしまうことがないように、両腕に強く力を入れた。

小さく驚きを覚えるほどに細い、春珂のウエスト。なのにあくまでどこか柔らかな、手の平の感触。胸元の柔らかさにはこらえがたい欲求を覚えて、鼻をくすぐる髪の匂いには胸が詰まりそうになって、感じる体温に愛おしさがこみ上げて、

――恋だ、と思う。

間違いない。僕は、この腕の中にいる少女に恋をしている。

強い確信がある、揺るぎない実感がある。何より――こみ上げて溢れそうなほどの、気持ちがある。

夢が何だというのだろう、あのときの予感なんて幻みたいなものだ。

今、僕は僕の気持ちをはっきりと手にしている。

そしてその全てを――春珂に向けたいと思っている。

もう僕は、春珂を手放したくない――。

「……や、矢野くん……」

ほんの少し苦しそうに、どこか慌てたような声色で春珂が声を上げる。

「ご、ごめん……そろそろ、秋玻に入れ替わるから、その……」

「……あ！　そ、そうか！」

慌てて、背中に回していた腕を放した。

すっかり思考の世界に浸ってしまっていた、そうか、もう十五分……。

さすがに、このままで秋玻との入れ替わりの時間を迎えるわけにはいかない……。

「……あ、ありがとう」

気付けば――目の前の春珂は、見たこともないほど表情を高揚させていた。

「うれしい……矢野くんが、そうしてくれて。わたしの気持ち、受け止めてくれて……」

長距離走でもしたみたいに赤らむ頬。今にもこぼれそうに潤んだ目。

声はうわずっているし、足下はもじもじと落ち着かないし――情欲さえ感じさせる、春珂の姿。

そして彼女は――、

「……幸せになろうね」

なぜか――酷く悲しげにそう言った。

「わたしたち……幸せになろうね、矢野くん……」

……何か、含みを感じた。

その裏にはっきりと存在している、手触りを感じる、春珂の「苦悩」――。

けれど――そのことに触れる前に、小さくうつむく春珂。

そして、短く間を開け、秋玻は顔を上げる。

頬の紅潮と目の潤みが残った、けれど落ち着いた表情のアンバランスな秋玻。

ふいに――胸を浸していた幸福感が、心苦しさに置き換わる。

彼女に、何と言えばいいのかわからない。

僕は、春珂の提案を選んだ。彼女の望む自分であろうと決めた。だから、それを秋玻に伝えなければいけない。

なのに――どうしても言葉が出てこない。

そのあまりに残酷な事実を、彼女の望んでいなかったであろう結末を、どんな風にして秋玻に伝えればいいのかわからない。

「……」

何も言わず、じっとこっちを見る秋玻。

そして――彼女は小さく身じろぎすると。

「そう……決めたのね」

その顔に、笑みを浮かべてそうつぶやいた。

「あの子に――春珂（はるか）に決めたのね」

――なぜだろう、そういう秋玻（あきは）の顔は。

わずかに視線を落とした秋玻（あきは）の表情は――。

これまで見てきた彼女のどんな笑顔よりも――美しく見えた。

エピローグ
Epilogue

【序章】

——目に焼き付けよう。一呼吸置いて、そう思った。

全てを理解した秋玻。それでも気丈にほほえみ、こちらを見ている彼女。

さっき以上に潤み始めた目と、キツく噛みしめられた唇。

確かに僕は、秋玻に恋をしていた。

彼女と始業式前の教室で出会って恋に落ちた。それは確かに、事実だったはずだ。

けれど、一年間というときを経て。気持ちはいつの間にか移り変わっていた。

それを——今さら取り繕おうとは思わない。

安易に、何か彼女に伝えようとも思わない。

今も、この胸にある秋玻への気持ち。感謝や申し訳なさ、そして……どうしても抑えることのできない、好意。おそらく——友情。

それを全て抱えて、ただ、今の彼女を忘れないでいようと思った。

僕は、彼女の気持ちに応えない。その好意に、好意を返さない。

僕は彼女を、深く傷つけることに決めた。

もしかしたら、それは罪ではないのかもしれない。不誠実でもないし間違いではないのかもしれない。

けれど、僕は彼女を深く悲しませる。自分の意思で、不幸にしてしまう。

だからせめて、苦しみとともに、一生覚えていたいと思った。

こうして僕の前に立つ秋玻の姿を。深く悲しみ、それでも真っ直ぐこちらを見ている秋玻の姿を、永遠に胸に刻みつけておきたい。

僕に今できることは、きっとそれだけ――、
秋玻が――ガクリと首をうなだれた。

唐突だった。

何の前触れもなかった。

「……秋玻？」

突然のことに――マヌケな声が出る。

微動だにしない秋玻。なんだ、何が起こった。

けれど、ほんの数秒の間を開けて、

「……ん？」

――彼女が。

春珂が――目を覚ます。

「……あ、ああ……もう、入れ替わったのか」

へへへ、と笑う春珂。

彼女は照れくさそうに、そしてどこか気まずそうにこちらを見て、

「や、やあ、矢野くん……ついさっきぶりだね……」

「お、おう……」

言われながら、反射的に時計を確認する。

いや、さっき入れ替わりの発生した時間は確認していない。だから、正確にはわからない。

わからないけれど……。

——とんでもなく、短かったんじゃないか。

秋玻が出ていた時間は、十五分どころか——一分にも満たなかったんじゃないのか。

——背中に、氷水を流し込まれた感覚。

この感じには——覚えがある。どちらかが表に出ている時間が、圧倒的に短くなる現象。

去年の春頃。秋玻、春珂と出会ったばかりの頃に、同じ経験をした。

そして、当時二人に起きていたことは——。

そのことが、意味していたのは——。

「……そのときが、来たんだよ」

春珂はそう言いながら、手近な椅子に腰掛ける。

「ずいぶん長引いたけどね……うん。今が、そのとき……」

——酷く、落ち着いて見える表情だった。

まるで、こうなることをずっと前からわかっていたような。

そういう運命を既に受け入れているような、その表情――。

身体中が粟立った。そのときがきた。

恐れていた終わりが、今目の前で始まった。


――二重人格が、終わる。


「……先生に」

そう言う声が、酷く震えた。

「と、とにかく……先生に、連絡するぞ」

そうするのが、まずは最優先なはずだ。

この場面で、俺や春珂にできることはきっと何もない。

だから、まずは大人に報告を――、

「うん、ありがとう」

椅子に腰掛けたまま、春珂が小さくうなずく。

俺は、ポケットから慌ててスマホを取り出そうとして――手を滑らせる。

かつんという音とともに、床に落ちるスマホ。慌てて拾い上げる。画面にヒビが入っている。

　けれど、今はそれどころではない。

　画面に指を走らせると、動作はしているらしい。慌てて連絡帳を開き、千代田先生の番号を呼び出そうとする。指が震えて、何度も誤タップを繰り返す。

　全くの別人に電話してしまいそうになりながらも、なんとか『千代田百瀬』を呼び出した。

　そして、

『――もしもし』

　発信ボタンを押すと、ほとんどまもなく通話が始まった。

　聞こえる、千代田先生の声――、

「……先生」

　震える唇で、なんとか声を絞り出す。

「秋玻が――春珂が――」

『――始まった？』

　先生の声が、にわかに硬くなる。こみ上げる緊張感に、

「……はい」

　と答えることしかできなかった。

『わかった。まず、矢野くんと二人は部室にいるのよね？』

「そうです……」

『じゃあ、そこを動かないで。今すぐ、秋玻ちゃん春珂ちゃんのご家族と、病院関係者に連絡します。すぐに来てもらうから、安心していいわ。矢野くんは、しっかり二人の様子を見ていて。何かあったら、すぐにまたわたしに連絡するように』

テキパキとした千代田先生の指示。

まるで、何度も頭の中で繰り返し練習でもしてきたみたいな、淀みない口調――。

そのことに――これが、本物の緊急事態であることを、僕は強く実感させられる。

『何か質問は？』

「……あ、あの！」

心臓がうるさくて、声量の調整ができない。

わけのわからない大声のまま、僕は千代田先生に尋ねる。

「何か……僕にできることは！　今、僕がするべきことはないんですか！」

マヌケな質問だと思う。

けれど、いても立ってもいられなかった。全てがめまぐるしく変わっていくこの場で、自分にも何かやるべきことが欲しかった。

けれど――受話器の向こうで、小さく笑う気配。

そして、

『……大丈夫だよ』

千代田先生は、柔らかい声で言う。

『矢野くんは、二人のそばにいてあげて。それで十分』

「……わかりました」

『じゃあ、一旦切るわ。各所に連絡するけど、何かあったら遠慮しなくていいから。それじゃ』

「はい、ありがとうございます……」

電話を切り、ぼう然とそれをポケットに戻し。

そこで——、

「——矢野くん」

——彼女の声がした。

秋玻だった。いつの間にか椅子を立ち——僕の前にいる彼女。

「ごめんね……びっくりさせて。いきなりね、こんなことになって……」

「いや、それは……大丈夫だけど……」

「多分ね、ここからわたしたち、ものす」「ごく不安定になると思う」

——違和感があった。

「基本的には秋玻の」「出る時間が短いかな？　でもね、多分もう、そういうのも安定しないって言うか……うん、あは」「は。きっと、話もしづ」「らくなるから。うん、ごめんね……」

——目の前の景色を。

起きていることを呑み込むのに、短い間が必要になる。

——入れ替わっていた。

秋玻と春珂が——これまでにない早さで入れ替わっていた。

セリフの途中で入れ替わる口調、表情——。

通常の人間には到底ありえない、不自然な切り替わり——。

それが——数秒に一度で繰り返されている——。

しかも、記憶が途切れていない。

今、彼女たちは——人格を細かく入れ替わらせながら、僕に気持ちを伝えてくれている。

「ねえ、矢野くん……こんなことになってごめんねえ……。けどさ。大」「切なことだから。うん。もうわかってたことだと思うけど」「しっかり伝えるね」

そして——二人は笑う。

どこか、解き放たれたような表情で。

ようやく、苦しみの終わりを前にしたような晴れやかな顔で——、

「もうすぐ、二重人格は終わ」「ります。そのあと残るのはね、えっと……より強く、自分を肯定できた方なんだと」「思う。うん、主治医に言われ」「たわけでもないけど、なんかねー、わかるんだ。ああ、そういうことなんだなって秋玻と」「春珂、より自分こそが自分なんだって、思えた方が残る」

——その話に。

二人が交代にしてくれたその説明に、

「……残らなかった方は、どうなるんだよ」

僕は——そんなわかりきったことを。

一つしか答えのない問いを口にしてしまう。

「——消えるの」

秋玻が、はっきりとそう言った。

「いなくなって、もう出てくることはなくなるんだよ」

春珂が、それに続いた。

そうか。と思う。

秋玻と春珂、どちらかが消える。

あまりにも残酷な、二人の結末。

けれど——僕は驚かなかった。

常温の水を飲み込むように、着慣れたTシャツに袖を通すように。

抵抗なく僕は、その事実を理解する。

——本当は、わかっていたことだった。

秋玻が表に出る時間が、酷く短くなった。

つまり、二重人格の終わりを迎え、起きているのは去年の春と同じことだ。

——自分を肯定できた者が残る。

——自分を肯定できなかった者が消える。

そうだ——こうなるに決まっている。
秋玻と春珂。どちらかの人格が、この世から消えてなくなってしまうのだ。

僕の目の前で、切れかけの蛍光灯が明滅するように入れ替わり続ける秋玻と春珂。

その表情が、バグを起こしたゲーム画面みたいに、小刻みに入れ替わる。

そんな二人のありようは、そのまま透明になって消えてしまっても不思議はないと思えるほどに、酷く儚く見えた。

——もう一つ、気付いていることがある。

まだ、きっと結論は決まっていない。

消えるのがどちらかは、確定していない。

では――それがどうやって決定されるのか。

どうすれば、彼女たちが自分のあり方を肯定できるのか――。

そのことだって、本当は僕はわかっていた。

わかっていて、気付かない振りをして、今日まで毎日を過ごしてきた。

怖かったのもある。信じたくなかったのもある。それ以上に、現実味がなかった、というのが一番大きかったように思う。

けれど――今。ようやく突きつけられる。

彼女から、彼女たちから。はっきりとした言葉で、お願いをされる。

「……ごめんねぇ……矢野くん」「ん」

酷く申し訳なさそうに、秋玻／春珂が眉を寄せる。

「こんなことをお願いし」「て、本当にごめん……でも、うん。わたしと」「わたしからの、最後のお願い」「だから……聞いてもらえると、うれしいです」

秋玻／春珂が一歩後ろに下がる。

僕の前に立ち、真っ直ぐ僕を見る。

その間も、入れ替わり続ける表情。

繰り返し現れる、生真面目そうな顔と柔らかい顔。

そして——彼女は。

「矢野（やの）くんが、選んでくれた方が残ります」

「矢野（やの）くんが、選ばなかった方が消えます」

——はっきりと、僕にそう伝える。

そして、小さく首をかしげ。

立ち尽くす僕に、こう言った——。

「——選んで？」

あとがき

──『三角の距離は限りないゼロ』とはなんだったのか？

というのが、今巻のテーマでした。

こんにちは、岬鷺宮です。この本を手に取ってくださってありがとうございます。

しばらく作家活動を休止をしていましたが、おかげさまで復帰をすることができました。これからも体調など気を付けつつ執筆していきますので、何卒よろしくお願いいたします……。

で、この『三角の距離は限りないゼロ7』について。

ここまでお読みいただいた読者の方の中には、気付いている方も少なくないと思うのですが、このシリーズには二面性があります。

「矢野、秋玻、春珂の三角関係恋物語」

という一面と、

「矢野、秋玻、春珂の自我をめぐる物語」

という一面です。

基本的には前者を顔に据えつつ、その裏に常に後者もあり続けていた。

その二つの面がこれまでどのように絡まり合ってきたのかを再確認する、というのが今回7巻の目的の一つとしてありました。もちろん、メインは三人の関係の変化なんですけどね。

もうお読みいただいた方、いかがでしたでしょうか。お楽しみいただけたでしょうか……。

これまで全ての巻で発生したことには、すべてきちんと意味をこめてきました。恋物語としてはもちろん、自我の物語としても。そのあたり、なんとなく感じ取っていただけたなら幸いです。

そして同時に、そういう面を全然気にせずに楽しんでいただけたなら、それはそれで非常にうれしくもある。どちらの楽しみ方もできるよう細心の注意を払ってきました。

それぞれが感じ取ってくれた『三角の距離は限りないゼロ』のあり方で、今回も楽しんでいただけたならそれ以上の喜びはありません。

そうそう、それから。2018年に始まったこの「三角の距離は限りないゼロ」シリーズですが、次巻で最終巻となります。

もうすでに、だいたい書き終わってるんですけどね。皆さんに胸を張ってお見せできるものに出来そうです。どうぞお楽しみに。

ということで、ここまでお付き合いいただきありがとうございました。

残り一冊。矢野（やの）と××の恋を、最後まで見届けていただけると幸いです。

よろしくお願いいたします。

岬　鷺宮

◉岬　鷺宮著作リスト

「失恋探偵ももせ1〜3」(電撃文庫)
「大正空想魔術夜話　墜落乙女ジェノサヰド」(同)
「魔導書作家になろう!1〜3」(同)
「読者と主人公と二人のこれから」(同)
「陰キャになりたい陽乃森さん　Step1〜2」(同)
「三角の距離は限りないゼロ1〜7」(同)
「日和ちゃんのお願いは絶対1〜3」(同)
「空の青さを知る人よ　Alternative Melodies」(同)
「失恋探偵の調査ノート〜放課後の探偵と迷える見習い助手〜」(メディアワークス文庫)
「放送中です!にしおぎ街角ラジオ」(同)
「踊り場姫コンチェルト」(同)
「僕らが明日に踏み出す方法」(同)

本書に対するご意見、ご感想をお寄せください。

ファンレターあて先
〒 102-8177　東京都千代田区富士見 2-13-3
電撃文庫編集部
「岬　鷺宮先生」係
「Hiten先生」係

本書は書き下ろしです。

電撃文庫

三角の距離は限りないゼロ7

岬 鷺宮

2021年8月10日　初版発行

発行者　青柳昌行
発行　株式会社KADOKAWA
〒102-8177　東京都千代田区富士見2-13-3
0570-002-301（ナビダイヤル）
装丁者　荻窪裕司（META＋MANIERA）
印刷　株式会社暁印刷
製本　株式会社暁印刷

●お問い合わせ
https://www.kadokawa.co.jp/（「お問い合わせ」へお進みください）
※内容によっては、お答えできない場合があります。
※サポートは日本国内のみとさせていただきます。
※ Japanese text only

※定価はカバーに表示してあります。

ISBN978-4-04-913586-2　C0193　Printed in Japan

電撃文庫　https://dengekibunko.jp/

電撃文庫創刊に際して

文庫は、我が国にとどまらず、世界の書籍の流れのなかで〝小さな巨人〟としての地位を築いてきた。古今東西の名著を、廉価で手に入りやすい形で提供してきたからこそ、人は文庫を自分の師として、また青春の想い出として、語りついできたのである。

その源を、文化的にはドイツのレクラム文庫に求めるにせよ、規模の上でイギリスのペンギンブックスに求めるにせよ、いま文庫は知識人の層の多様化に従って、ますますその意義を大きくしていると言ってよい。

文庫出版の意味するものは、激動の現代のみならず将来にわたって、大きくなることはあっても、小さくなることはないだろう。

「電撃文庫」は、そのように多様化した対象に応え、歴史に耐えうる作品を収録するのはもちろん、新しい世紀を迎えるにあたって、既成の枠をこえる新鮮で強烈なアイ・オープナーたりたい。

その特異さ故に、この存在は、かつて文庫がはじめて出版世界に登場したときと、同じ戸惑いを読書人に与えるかもしれない。

しかし、〈Changing Times,Changing Publishing〉時代は変わって、出版も変わる。時を重ねるなかで、精神の糧として、心の一隅を占めるものとして、次なる文化の担い手の若者たちに確かな評価を得られると信じて、ここに「電撃文庫」を出版する。

1993年6月10日
角川歴彦

電撃文庫DIGEST　8月の新刊

発売日2021年8月6日

魔王学院の不適合者10〈上〉
～史上最強の魔王の始祖、転生して子孫たちの学校へ通う～

【著】秋　【イラスト】しずまよしのり

デルゾゲードとエーベラストアンゼッタの支配を奪われ、アノスは神界の門のさらに奥、神々が住まう領域へと足を踏み入れる――秋×しずまよしのりが贈る大人気ファンタジー、第十章《神々の蒼穹》編!!

三角の距離は限りないゼロ7

【著】岬 鷺宮　【イラスト】Hiten

秋玻と春珂との関係のなかで、僕は自分を見失ってしまう。壊れた自分を見直すことは、秋玻と春珂と過ごした日々を見つめなおすことでもあった……やがて境界を失うふたりが、彼に投げかける最後の願いは――。

男女の友情は成立する？（いや、しないっ!!）
Flag 3. じゃあ、ずっとアタシだけ見てくれる？

【著】七菜なな　【イラスト】Parum

友情に落ちるのが一瞬なら、それが失われるのも一瞬のことだろう。今、ある男女の夢と恋をかけた運命の夏が幕を開ける――。シリーズ続々重版御礼!!　親友ふたりが繰り広げる青春〈友情〉ラブコメディ第３巻！

恋は双子で割り切れない2

【著】高村資本　【イラスト】あるみっく

恋愛事から距離を置こうとする純。自分の気持ちに正直になれない琉実。そして学園一位になって純に正々堂々告白すると息巻く那織。そんな中迫り来る双子の誕生日。それぞれへのプレゼントに悩む純だったが……。

わたし以外とのラブコメは許さないんだからね④

【著】羽場楽人　【イラスト】イコモチ

恋人と過ごす初めての夏休みにテンション爆アゲの希墨。文化祭の準備で忙しくなる中でもヨルカとのイチャイチャはとまらない。夜更かしに、水着選びに、夏祭り。そして待望のお泊まり旅行で事件は起きる……？

アポカリプス・ウィッチ④
飽食時代の【最強】たちへ

【著】鎌池和馬　【イラスト】Mika Pikazo

世界各国から参加者が集まる、魔法ありの格闘トーナメント『全学大会』が始まる。最強であり続けるために、セカンドグリモノア奪回戦で苦戦した汚名返上のために、カルタ達は次世代の最強を目指す猛者達を迎え撃つ！

バレットコード：ファイアウォール2

【著】斉藤すず　【イラスト】緜

『プロジェクト・ファイアウォール』計画がVR上で人の頭脳を用いたワクチン開発であったことが判明。敵のハッカーを倒すことに成功した優馬と千歳は現実世界でも交流を行うが、千歳の姉白亜が現れて――？

新作
ただの地方公務員だったのに、転属先は異世界でした。
～転生でお困りの際は、お気軽にご相談くださいね!～

【著】石黒敦久　【イラスト】TEDDY

市役所で働く地方公務員の吉田公平は、真面目なことだけが取り柄の青年。ある日、いきなり異動命令が下り、配属されたのは、なんと異世界だった……。常識の通じない世界に戸惑う公務員を愉快に描くファンタジー！

新作
無自覚チートの箱入りお嬢様、青春ラブコメで全力の忖度をされる

【著】紺野天龍　【イラスト】塩かずのこ

「食パンを咥えたまま男性と衝突することが夢だったんです！」“青春”にやや歪んだ期待を寄せる変人のお嬢様・天津風撫子。入学早々、彼女に目を付けられてしまった少年・琥太郎の受難な部活ライフが始まる！

新作
はじめての『超』恋愛工学
Lesson1.女子大生に師事した僕が彼女の妹（※地雷系）を攻略してみた

【著】ゆうびなぎ　【イラスト】林けゐ

リア充とかけ離れた日々を送る那央。バイト先の女子・藍夏とも仲良くなることはない……はずだった。だが、藍夏の姉から、なぜか藍夏の彼氏に任命され!?恋愛メソッドを武器に、地雷系女子攻略に挑む！

お願いは絶対

「普通じゃない」ことに苦悩する
すべての拗らせ者へ届けたい
原点回帰の青春ラブコメ！

キミの青春、私のキスはいらないの？

Don't you need my kiss for your youth?

うさぎやすぽん　イラスト　あまな

「ね、チューしたくなったら
負けってのはどう？」

「ギッッ!?」

「あはは、黒木ウケる
――で、しちゃう？」

完璧主義者を自称する俺・黒木光太郎は、ひょんなことから
「誰とでもキスする女」と噂される、日野小雪と勝負することに。
事あるごとにからかってくる彼女を突っぱねつつ。俺は目が離せなかったんだ。
俺にないものを持っているはずのこいつが、なんで時折、寂しそうに笑うんだろうかって。